KB155420

활
력

시인의일요일시집 **017**

활력

1판 1쇄 찍음 2023년 7월 17일
1판 1쇄 펴냄 2023년 7월 27일

지 은 이 김   산
펴 낸 이 김경희
펴 낸 곳 시인의일요일

표지·본문디자인 노블애드
경영지원 양정열

출판등록 제2021-000085호
주   소 경기도 용인시 기흥구 연원로42번길 2
전   화 031-890-2004
팩   스 031-890-2005
전자우편 sundaypoet@naver.com
블 로 그 https://blog.naver.com/sundaypoet

ISBN 979-11-92732-08-4 (03810)

값 12,000원

＊ 본 도서는 인천광역시와 (재)인천문화재단의 후원을 받아
  '2023 예술창작지원사업'으로 선정되어 발간되었습니다.

활
력

김산 시집

나의 20대는 '나는 것'이었고,
나의 30대는 '잘 죽는 것'이었다.

나는 아득한 그곳으로 날아올랐고,
죽음 너머에서 손을 흔드는 애인을 보았다.

알고 있다고 자위를 하며 다독거렸지만
당최 알 수 있는 건 하나도 없었다.

'은하'와 '주원'이 멀리 돌아가면서
맑고 밝은 슬픔 한 덩어리를 남겨 주었다.

착실히 늙고 있는 오늘에게
고마움과 미안함으로 큰절을 올린다.

| 차 례 |

활력

자라나는 마음

제 몸이 되지 못한 몇 알의 씨앗들이
구멍 난 정수리 속에서 꿈틀거린다
자꾸만 간지러워, 손톱으로 긁어 보지만
뿌리에 박힌 낯선 얼굴이 고개를 든다
슬픔을 머리에 이고 가만히 웃는 너,
떡잎이 떨어질 때까지 푸드득 춤을 춘다
가는 비를 맞으며 자유공원에서 월미공원까지
사부작 걸어가면 어느새 해가 쨍쨍하다
미워했던 마음 위로 불어오는 따뜻한 공기
가냘픈 이파리들이 머리칼처럼 휘날린다
땅과 물, 불과 바람이 가득 차오르면
겨우내 굳었던 마음들이 새순으로 돋는다

바람과 손

손을 흔들자 바람이 흩어졌다
손을 거두자 바람이 지나갔다

전속력으로 도움닫기를 해도
얼굴은 왜 떠오르지 않는가

사랑했던 사람이 멀리 돌아가셨다
세상의 사랑은 모두 어제의 사랑

오늘 만지는 새소리와
내일 듣고 있을 구름의 냄새

뒤엉킨 감각들이 분분히 일어날 때
불편해진 음계들이 날아오른다

소리를 만지자 기타줄이 출렁인다
되돌리고 싶은 마음은 나의 변명일 뿐,

꽃병 속의 꽃을 병이 가둘 순 없지
병의 깊이만큼 꽃은 최선을 다해 흔들릴 뿐,

바람이 흩어지자 손을 흔들었다
바람이 지나가자 손을 거두었다

호명

빠이빠이야 : 어릴 적엔 구름에 이름을 붙이곤 했다. 토끼구름 나비구름 양떼구름 새털구름. 이름을 붙이는 순간 구름은 흩어지곤 했다. 아빠도 엄마도 애인도 다 흩어졌다. 지팡이를 짚거나 검버섯이 피거나 하늘나라에 갔다.

마침맞게 : 의자에 앉을 때 삐거덕거리는 소리가 참 좋다. 무게를 덜어 낸 자리에 익숙한 무게가 다시 채워질 때 눈을 질끈 감고 무게를 받아들이는 그 소리. 때문에 요즘엔 의자에 앉기 전, 발소리를 크게 하고 헛기침을 한다.

양말 페티시 : 당신을 기다릴 때도 당신과 이별할 때도 양말은 항상 나를 감싸고 있었다. 발 없는 말이 천 리를 갈 때도 그리하여 고린내를 풍기는 소문들이 전진무의탁 자세로 코끝을 찔렀지만 양말은 나를 쥐고 놓지 않았다. 당신의 시큼한 양말을 킁킁대며 싹싹 핥고 싶은 밤이다.

오겡끼데쓰까 : 사슴은 일본어로 '시카'다. 일본 여자는 아니었지만 나는 그녀를 '시카상'이라고 불렀다. 무슨 뜻인지도 모르

고 뒤돌아보면 유난히 검은 눈동자가 반짝거렸다. 가끔 뿔이 돋긴 했지만 그마저도 꽃 같았다. 뿔과 꽃 사이에 '안녕'이란 말은 되고 시리다.

선견지명 : 마루에 누워 옥수수와 감자를 먹으며 할머니의 옛날이야기를 듣는 것이 좋았다. 숙제는 뒷전으로 미루고 마루에 누워 있으면 세상의 별들이 다 내게로 쏟아지곤 했다. 옛날이야기를 좋아하면 이다음에 가난하게 산다는 할머니 말은 틀림이 없다.

공감각 : 나는 애인이 많은데 사람들은 나보고 애인 좀 사귀라고 한다. 얼마 전에는 죽은 애인의 아버지가 자네도 이제 애인을 사귀라고 했다. 모르시는 말씀이다. 나는 한번도 애인이 끊긴 적이 없다. 만지지 않아도 자꾸만 만져지고 보지 않아도 자꾸만 보이는 게 문제라면 문제일 뿐.

3인칭 시점 : 자고 일어나면 베갯잇 위로 하얗게 눈이 내리는 사람을 안다. 머리에 열이 많아 각질을 달고 산다고 했다. 술도

마시고 담배도 태우고 시도 쓴다고 했다. 안 좋은 건 혼자 다하니까 벌 받은 거라고 비아냥거렸다. 남 이야기가 아니다.

싸가지 없는 놈 : 어릴 적 엄마에게 왜 나를 낳았냐고 대든 적이 있다. 엄마는 아무 말도 하지 않으셨다. 백수가 내일모레인 외할머니에게는 눈에 넣어도 안 아픈 맏딸인데. 엄마가 업어 키운 외삼촌들이 벌써 환갑이다. 대못을 박은 세월이 참 빠르게도 흘렀다.

포스트잇

공중의 바람 위에 떠었다 붙였다

영영 붙어 있을 것 같은 마음을 작은 새 한 마리가 물고 날아 갔다, 날아간 마음은 둥지 속의 잔가지처럼 한 채의 오두막을 세웠다, 세운 마음 위에 비가 내리고 진눈깨비가 흩날렸다, 흩날린 마음의 항아리 안으로 간장이 착실히 익어 갔다, 익는다는 것은 썩어서 제 고향으로 돌아간다는 것, 돌아간 애인을 다시 볼 수 있다면 그 마음을 뗄 것인가! 붙일 것인가!

골목과 골목을 걸으며 생각해 보는 것이다

은행잎 몇 장을 주워 책상에 붙였다 떼었다

현존

오래된 숲의 딱정벌레 등을 스치고 나온 작은 빛줄기가 저곳에서 이곳으로 은은하게 퍼지면 좋겠다. 어떤 냄새도 나지 않지만 그것은 낯설어서 이내 낯익게 되는 고요한 순간으로 코끝이 씰룩거리면 좋겠다. 대지라는 거대한 화분 속에 촘촘히 뿌리내린 꽃머리들 사이로 젓가락들이 분주히 오갔으면 좋겠다. 흰 밥알들이 멀건 죽이 될 때까지 오래도록 궁굴리는 사람과 아무 말 없이 해바라기하면 좋겠다. 오래전에 떠난 사람이 오랜만에 돌아오면 참말로 욕봤다며 등을 토닥이고 번쩍 들어 올려 업어 주면 참 좋겠다.

길을 걷다가 아무 곳에나 무릎을 쪼그리고 앉아 있으면 기다란 생각들이 일어나 춤을 췄으면 좋겠다. 주린 배를 부여잡고 아름드리 은행나무 아래서 손부채질을 하면 지나가던 바람도 잠시 쉬었다 갔으면 좋겠다. 네가 너무 보고 싶어 한 장의 잎을 가만히 쓰다듬으면 두꺼운 추억들이 되살아나 온 뿌리가 두근거렸으면 좋겠다. 누군가를 미워했던 마음이 결국 나를 미워했던 마음임을 알았을 때, 그게 미쁘고 대견해서 입꼬리가 살짝 올라갔으면 참 좋겠다.

꽃과 나비, 별과 바람, 구름과 새들이 예뻐서 천천히, 아주 천천히 걸었으면 좋겠다. 먼저 돌아간 사람의 발자국을 되짚어 보며 움푹 들어간 그의 무게에 한 바가지의 물을 쏟아 주면 좋겠다. 그곳에서 피어난 한 톨의 꽃씨와 작은 올챙이보다 더 작은 생명들에게 살아 줘서 고마워, 있어 줘서 고마워, 뽀뽀해 주면 좋겠다. 이내 움푹 꺼져 버릴 나의 산 위에 마른 쭉정이를 차곡차곡 세우고 삿된 마음들을 활활, 태웠으면 참 좋겠다.

최후의 사람

새벽길을 걸으며 먹먹했으나 가까스로 울지는 않았다.
나는, 이 세계가 가진 모든 죄보다 더 많은 죄를 모시고 있었으므로
새벽의 이 공기가 차마 두렵지는 않았다.
기다리던 얼굴을 멀리하고 나는 도무지 이 세계가 오지 못할
골목을 향해 작은 몸을 웅크렸다.
초저녁에 마신 뜨거운 사케 한 잔이 뱃속에서
부글부글 끓어오르고 있었다.
코끝을 때리는 알코올 향 뒤로
차마 어떤 이름들과 뒷모습들이 스쳐 지나갔다.
좀처럼 그것들은 산 것들이 아니어서 안전했고
그리하여 나는 비로소 그것들을 호명할 수 있다는 생각에
이 새벽길이 좀처럼 외롭지 않았다.
허름하고 얇은 점퍼를 입은 사내가 내 앞을 가로지른다.
고등어 비린내가 진동하는 사내,
그는 필시 내가 아는 비루한 동물의 이종이다.
영혼 없는 썩은 고기를 찾는 하이에나처럼
쓸쓸함과 고독을 신으로 모시는 그의 목덜미를 물어뜯고 싶
어졌다.

새벽 공기는 몹시 찼고 나는 자꾸만 뒤를 돌아보며
내 발자국을 하나씩 지우고 있었다.
그 어떤 소스라침도 없는,
그 어떤 공기의 틈입도 허락지 않는 새벽길을,
저벅저벅 묵묵히 따라오는 당신과 함께,

맹목

치커리 씨를 뿌리기 위해 텃밭을 삽으로 파헤치니
며칠 후, 생각지도 못한 나팔꽃 떡잎이 돋기 시작했습니다

내가 태어나기도 전에 죽은 두 살 터울의 누나가
미륵이 되어 두 개의 손바닥을 펼치고 있었습니다

엄마는 왜 내 허락도 받지 않고 나를 낳냐며 대들었더니
나도 그게 마음에 두고두고 걸린다고 한 적이 있었습니다

이제 엄마는 칠순을 넘긴 여러해살이 흰 풀꽃
매일같이 틀니를 갈아 끼고 오랫동안 천천히 밥을 씹는 할미꽃

모종삽으로 텃밭을 정리하고 동그랗게 자라나는 나팔꽃 옆에
내 손모가지와 발모가지를 꺾어다 지팡이처럼 세워 두었습니다

세상에게 함부로 한 나의 몹쓸 마음들을 모두 분질러
뜨거운 볕 위에, 미안합니다! 용서하세요! 벌을 세웠습니다

엄마의 야윈 줄기가 뼈만 남은 딱딱한 내 죄를 부둥켜안으며
오늘도 담장 밖으로 쪽빛 나팔을 불고 있습니다

불혹을 넘기고도 한번도 꽃피우지 못한 나의 미혹함 위에
누에 같은 보드라운 비단실로 자꾸만 나를 덮어 주고 있습니다

거울
— 혁재 형에게

그는 조금 전까지 분명 많은 말들을 쏟아 내고 있었다.
주어가 사라진 말들 속에서
마땅한 맺음을 하지 못해 난감한 그의 눈빛은
몹시 사납게 흔들리고 있었다.
미간을 약간 찡그리거나 오똑한 코를 씰룩이거나
음~ 같은 의성어를 발음하는 건
그에게는 지극히 자연스러운 몸의 반응 같았다.
나는 조금 전의 그보다 더 크고 호기 있는 목소리로
주워 담지 못할 사사로운 말들을 쏟아 냈고
그가 했던 행동들을 그대로 따라했다.
그러자, 신기하게도 나는 그가 뱉은 주어가 되었다.
그가 신고 있는 낡은 플랫슈즈와 자줏빛 올이 나간 소매와
눈 밑으로 깊게 그늘진 다크서클과 재킷 속,
정체불명의 몇 장의 종이쪼가리 따위를 조금 이해하게 되었다.
우리는 술잔 위에 입술을 내려놓고 먼 곳을 응시했다.
이 세계의 시침이 사라진 어느 한쪽으로
아무 표정도 짓지 않은 채, 눈물이 와르르 쏟아진 후의
몹시 고요한 황망함을 어깨에 들쳐 메고
표정이 정지된 자신의 거울을 보기 시작했다.

108배

두 무릎과 두 팔을 땅에 대고 머리를 숙여 바닥에 있는 나에게 말하노니, 내 마음은 어디에 있는가. 왕십리역 지하도에서 무릎을 꿇고 하모니카를 부는 아라한에게 종이쪼가리 한 장을 던져 준 것이 내 마음이었더냐. 고독사로 보름 만에 발견된 시인의 장례도 찾아가지 못하고 노란 잎이 다 떨어진 해바라기에 물이나 주는 내 마음의 정체는 어디에 있는 것이냐. 빛을 그늘이라 부르고 걷는 것을 나는 것이라고 생각하는 마음은 정녕 나에게서 나온 것이더냐. 시간과 시각과 시계를 구분하지 못하고 사이와 간격과 간극도 모르며 세상과 경계를 짓고 짐짓 팔짱을 끼고 있는 나는 내가 참으로 궁금하구나. 궁금하면 질문을 하는 게 이치지만 나는 왜 나에게 물어보지 않고 세상에게 공염불을 하는 것이더냐. 죽비로 내 등을 후려치는 새벽, 지금도 꽃나무의 작은 뿌리는 만 개의 손바닥으로 땅속을 더듬거리고 그 옆을 지나가는 지렁이 한 마리. 몸뿐인 몸으로 호미도 없이 밭을 일구는 저 오체투지 앞에서 나는 가만히 나의 바닥에 이마를 대 보곤 하는 것이다.

쓸데없는 것들로 가득한 세계

이 순간, 울음이 필요해서 애먼 마음을 흔들지
마구마구 휘저어서 슬픈 것들을 휘핑하지
부글부글 끓어오른 거짓 거품이 흘러넘치지
사랑해 본 적이 있습니까, 당신은
도대체 사랑이 무엇인지요, 그런 감정은
뾰족한 스투키 화분이 작은 방의 살갗을 찌를 때
육지거북이가 먼 곳을 응시하며 주억거릴 때
선풍기 바람이 뜨거운 드라이기처럼 발열할 때
이런 것들을 사랑의 전조라고 감히 말할 수 있나요
차마 사랑을 모릅니다, 나는 낭만루저니까요
때문에 실연이 무슨 맛인지 도통 알 수 없지요
씁쓸한가요, 쌉쌀한가요, 녹차 아이스크림처럼 그런 건가요
아까부터 울음 곳간은 차곡차곡 차오릅니다
필요한 것은 울음인데 쓸데없는 기분들이 들어찹니다
울 수 있을 때 울 수 있는 것은 아름다워요
훌쩍거리지 않고 그 어떤 표정도 없이 눈가에 그렁그렁
두 볼에 떨어지기 직전의 그 감정
그런 게 사랑이라면 어제도 오늘도 해 봤습니다

내일도 그런 흔한 풍경으로 가득하겠지요, 이 거리는
쓸데없는 것들만 파는 상점을 알고 있어요
짓무른 상처에 고름이 들어차네요, 당신의 무릎
왜 그 자리에 주저앉은 건가요, 당신의 사랑
쓸데없는 것들이 이 세계의 뺨을 세차게 후려치고
가만히 서서 무너져 내릴 때를 생각해 봐요
그것이 사랑이었나요, 차마 쓸데 있는 시간이었던가요
미안해요, 알면서도 모르고 모르면서도 아는 나를
죽도록 미워하세요, 그래서 당신의 죽고 싶은 마음을
죽여 버리는 거예요, 증오의 대지 위로 더욱 단단한 우리의 씨앗
그것이 차마 사랑이라면 다시 자라나도 좋을 거예요
사랑을 모르는 시인의 시집 따위는 촛불에 사르고
다시 태어나는 거예요, 얼얼한 뺨이 붉은 꽃으로 춤출 때까지

깻잎도 뱀도 그리고 나도

무릇, 뱀은 아무런 잘못이 없다. 세상의 모든 일이란 그러하다. 한여름 텃밭에서 깻잎을 따다가 맹독성의 쇠살모사에게 새끼손가락을 물린 것은 뱀의 잘못이 아니다. 또한, 그 누구의 불행도 아니다. 뱀은 한낮의 땡볕 아래서 오수를 즐기고 있었고 깻잎을 따려는 지각없는 나의 손동작을 보며 기민하게 반응했을 뿐이다. 고소한 향을 날리는 깻잎파라솔을 따 버리는 나의 살찐 손가락이 개구리의 뒷다리로 보였을지도 모른다. 새끼손가락 끝마디가 불길에 활활 타는 느낌이다.

주천 강변의 다슬기를 잡은 적이 있다. 한낮이었고 땡볕이었고 두 달 전쯤이었다. 장화를 신고 한 손에는 플라스틱 바구니를 들고 물속의 돌들을 휘적거렸다. 엄지손톱만 하게 살이 오른 다슬기들이 오종종 모여 있었다. 바구니 수북이 담아 온 다슬기들을 내 나이보다 더 먹었을 큰 수뽕나무 아래서 해감을 시켰다. 하루가 가고 이틀이 가고 사흘이 지날 동안 삶아 먹지 않고 그 자리에 그대로 두었다. 일주일이 지나 세숫대야 속을 보니 썩은 냄새가 진동했다. 아직 허리춤에서 놀고 있는 옥수수 밭에 부어 버렸다.

월정사 전나무숲 길을 맨발로 걷고 있을 때였다. 등산객들이 던져 주는 땅콩 몇 알에 신이 난 다람쥐들이 초롱초롱한 눈으로 내 눈과 손을 번갈아 보면서 길을 비켜 주지 않았다. 뭐라도 던져 주고 싶어서 호주머니를 뒤졌지만 동전 몇 개만 짤랑거릴 뿐이었다. 몇백 년을 무병장수하다가 얼마 전 벼락을 맞고 몸통이 잘려 나간 거대한 전나무 그루터기에 앉아 축축한 이끼만 묻히고 돌아왔다. 울음을 보이진 않았지만 오는 내내 나는 아무런 까닭 없이 속으로 울음을 되새김질했다.

문득, 죽은 사람이 아직도 어디엔가 살아 있을지도 모른다는 생각을 하곤 했다. 그곳이 이승이든, 저승이든, 분명히 살아서 다하지 못한 남은 생을 살고 있을 것만 같았다. '호상'이란 말처럼 말하기 좋은 위안도 없다. 죽은 사람도 살아 있는 사람만큼이나 할 일이 많고 지켜 내야 할 식솔들이 많다는 걸 왜 모를까. 씨 뿌린 지 삼 년도 채 되지 않은 어린 더덕들에게 거름도 주어야 하고 동네 어귀의 이름 없는 흰 강아지도 오며 가며 쓰다듬어 줘야 한다.

앞마당에 참나리가 군무를 추듯 활짝 피었다. 밤새 세상의 장맛비를 여린 가지로 맞으면서 붉게 흔들리는 참나리 사이로 뱀의 갈라진 혀가 더듬이처럼 솟아 있다. 붕대를 친친 감은 손가락으로 꽃잎을 어루만지고 싶은데 손이 말을 듣지 않는다. 의사는 감염이 된다며 물에 닿지 않아야 한다고 했다. 나는 그 말이 '더 이상 눈물을 흘려선 안 된다.'는 말로 들렸다. 오른팔을 들어 샤워를 하고 왼손으로 이빨을 닦고 있으면 물보다 눈물이 내 몸을 흠뻑 적시는 것 같다.

다시, 깻잎을 따기 위해 밭으로 들어간다. 뱀에 물린 오른손을 겨드랑이에 끼고 왼손으로 깻잎을 따러 나는 밭으로 들어간다. 죽기보다 싫었을 시집살이를 버티고 나란히 중풍으로 쓰러진 시부모의 오강단지를 매일같이 수세미로 문지르던 젊은 어머니는 아직도 칠순 나이에 우리 집 빌라 평수보다 작은 임대아파트 계단을 쓸고 닦는다. 맹독의 혀가 날름거리는 복도식 창가에 기대어 흰 수건으로 땀을 훔친다.

그리고, 나는, 이제 울지 않는다. 좀처럼 우는 법이 생각나지 않는다. 가끔 울음이 울컥 치밀어 목울대가 울렁거리지만 토해 내는 법을 잊어버려 다시금 삼켜 버리고야 만다. 남들은 불혹이 넘어 이제야 철이 든 거라며 다독거리지만 도무지 모르시는 말씀이다. 김영승의 「반성」이나 신기섭의 「죄책감」이 남은 생과 남겨진 생을 위해 노래할 때, 나는 그저 요오드를 바르고 거즈로 이 작은 상처를 덮을 뿐이다.

다시금 말하건대, 깻잎도 뱀도 그리고 나도 이제 울지 않을 것이다. 장마가 끝났다고 말하지만 언제고 장마는 다시 찾아오는 것처럼 우리의 공생도 남은 생과 남겨진 생을 위해 그 자리를 지켜야 할 것임을 안다. 그리고 일기에 다시 쓴다. 이제 나는 멋진 시를 쓰지 않을 것이다. 출혈과 괴사로 내 오른팔이 잘려 나가지 않은 것은 행도 불행도 아니다. 왼손으로만 세수를 하면 얼굴이 좀처럼 개운하지가 않다. 오래 걸리고 더 꼼꼼히 씻어야 한다. 그럼에도 귓바퀴에 묻어 천천히 만지작거려야 할 비누거품은 오로지 내 몫이다.

며칠째 계속 비가 내린다. 지금은 빗물이 남아 있는 강물을 낮게 낮게 밀어 올리는 시간. 떠밀려 간 강물이 온갖 씨앗을 품고 또 다른 강을 품으러 분주히 채비를 꾸리는 시간. 허방에 부딪힌 빗물이 스미기도 전에 더 큰 빗물이 깊은 웅덩이를 만드는 시간. 한번도 만나지 못한 당신과 내가 아스라이 조우하며 악수를 하고 부둥켜안는 시간. 이 세계의 모든 뿌리 내린 식물들이 일제히 거대한 타악기로 공명되는 시간. 쌀장수도 개장수도 보일러 수리공도 택배기사도 물류창고의 일용직 청춘들도 모두 빗물의 떼창에 귀를 기울이는 시간.

이끼

개울 위에 징검돌들이 이끼를 머금고 있다
누군가 건너기 위해 밟고 간 자리가 아닌
누군가 손을 흔들고 머무른 자리 위로 이끼가 자란다
피라미와 송사리가 작은 입을 뻐끔거리고
어린 가재가 여린 집게발로 한참을 쓰다듬은 자리 위로
그늘을 거느린 햇살이 오래 머무르면서
미끄덩한 이끼들이 돌의 뿌리로 돋는다
팔순의 아버지가 다리를 벌벌 떨며
지팡이를 짚고 경로당을 갈 때면 이끼들이 달라붙는다
작은 바람이 들락거렸을 시린 무릎을 붙들고
간판도 떨어져 나간 허름한 슈퍼 기둥을 잡고 있을 때면
온전히 뿌리내리지 못한 이끼들이 한숨을 쉰다
이끼는 적막과 소란스러움 사이에서 무성하다
축축함과 말라비틀어진 그 내밀한 경계에서 자라고
태어나는 곳과 죽음을 기다리는 그 막간에서 피어난다
오래전의 애인은 자주 넘어지곤 했다
발바닥에 이끼가 무성해서 미끄러웠을 것이다
귀신처럼 떠돌지 않고 바닥에 납작 엎디어서
울고 있는 사람의 하체는 온통 초록으로 뒤덮여 있다
촘촘한 이파리들이 따개비처럼 더덕더덕 붙어 있다

감나무

감나무 잎을 작은 벌레가 갉아 먹었다
매끄럽고 반질반질한
감나무 잎의 가장자리가 너덜거린다
옥탑방 바지랑대에 걸어 둔
별다방 미쓰리의 구멍 난 빤쓰처럼
살랑살랑 설렁설렁 바람에 나풀거린다
소박맞은 새댁처럼 섧게 우는 감나무 잎
감나무 잎은 감나무 잎이다
감잎이 아니라 감나무 잎이다

열 살 무렵이었고 소읍이었다
마당 넓은 시골집에 감나무 네 그루가 있었다
첫눈이 내리기 전 감나무 꽃이
마당 가득 송이송이 떨어지곤 했다
그 감나무 꽃을 맞은 흰둥이도
감나무 꽃에 파묻혀 조금씩 어른이 되었다
감나무 꽃은 감나무 꽃이다
감꽃이 아니라 감나무 꽃이다

멀리서 보면 잣나무도 전나무도 뽕나무도
다 같은 나무로만 보인다
장님도 아닌데, 색맹도 아닌데,
그걸 왜 구분 못하냐고 하지만
멀리서 보면 선아도 순희도 미선이도
다 똑같이 하나로 보인다
그러니까, 나무에게 나무라고 꼭 불러 줘야 한다
감나무 열매를 보고 감이라고 부르면 안 된다

감나무 가지 위로 거미줄이 반짝인다

세상의 애인들

어떤 나무를 사랑합니다. 색깔이 배경을 거느릴 때 비로소 음향목이 됩니다. 절대적이란 공명은 이 세계를 부정합니다. 피부의 질감에 따라 외투의 무게는 달라집니다. 가뭄 든 겨울의 골목길은 건조해서 평안합니다. 영생을 꿈꾸지는 않지만 이미 여러 번 죽었던 기억은 영원합니다. 함부로 머릴 쓰다듬어 주는 사람의 손은 잘라야 합니다.

매일 편지를 쓰고 다시 찢어 버립니다. 반복은 가장 합리적인 마스터베이션입니다. 바라는 것이 없기에 기대도 하지 않습니다. 입술을 삐죽 내밀지만 그건 가장 친근한 표식입니다. 잠을 자면서 또 잠을 자면 잠이 등을 안아 줍니다. 부엉이는 기표고 올빼미는 기의라고 오늘밤이 고증합니다. 손을 휘저으면 바람이 있던 자리에 구멍이 생깁니다. 비로소 공간은 내 손바닥으로 음표가 됩니다.

가끔 울지만 눈물은 나지 않습니다. 하이에나와 사자는 생각처럼 전투적이지 않습니다. 구름을 나눈다고 여러 개가 되지 않습니다. 스탠드에 놓인 기타를 오래 쳐다보면 스스로 웁니다.

풍을 맞고 한쪽이 무너진 사람의 딱딱한 피부를 조금 이해합니다. 온기도 없고 살기도 없는 딱딱한 고목도 잎이 자라고 꽃이 핍니다. 꽃망울은 터지는 것이 아니라 곪는 것이었습니다.

외롭다는 것과 고독하다는 것 사이에서 잠시 멈칫거립니다. 잘 듣는 사람은 한 귀로 잘 흘려보내는 사람입니다. 따지고 보면 갈 매기는 바다와는 무관한 명사입니다. 처음 듣는 노래는 이미 익숙한 환생입니다. 결국 공공은 사적인 영역이었습니다. 오르막을 강요당하는 것이 누군가에게는 가장 버거운 일입니다. 문장을 끌고 가라고 했지만 끌려오는 것은 욕망일 뿐입니다.

어디를 가도 기시감이 느껴지나요? 나는 늘 거기 서 있습니다.

개장

안산 공설묘지에 있는 조부모의 묘를 개장했다
소주를 마시고 삽과 곡괭이로 황토를 파헤치는 인부들
바스러질 듯 삼십 년 남짓의 관이 보이고
뚜껑을 열자 검은 뼈가 모습을 드러냈다
관절염으로 열 걸음도 힘이 드는 팔순의 아버지는 집을 지키고
지난한 시집살이를 견딘 어머니가 틀니와 함께 우는 아침
막무가내로 관을 뚫고 지나간 상수리 뿌리가
목뼈와 갈빗대를 헤집고 돌아앉은 그 시간의 무렵에
나는, 우리 누대의 가계는, 차마 무력할 수밖에 없었겠지
번거롭게 화장터로 갈 게 있겠냐며 LPG 가스통에 연결한
커다란 토치로 화장을 하고 4월의 분홍 진달래꽃 위로
조부모의 오래된 뼛가루가 켜켜이 쌓여 간다
양지 바른 튼실한 소나무 아래 한지에 쌓인 재를 뿌리자
인부들은 마지막 남은 비석을 오함마로 깨부수고
빈 관 속으로 식구들의 이름을 차곡차곡 처박아 버렸다
오래전에 집을 떠나 얼굴도 가물가물한 막내삼촌과
몇 해 전부터 왕래하지 않는 고모들의 이름과
비석 끝자락에 간신히 붙어 있는 누추한 나의 이름도

날카롭게 깨진 채 흙속으로 묻혔다
둥그렇게 솟아 있던 무덤이 시뻘겋게 평탄해졌지만
우리는 각자 어떤 물혹을 가지고 시간을 견디어 낼까
산까치 가족이 사과 한 쪽을 물고 어디로 가시려는지,
아까부터 자지러지게 웃으며 산허리를 넘고 있다

몽돌

새벽이면 장화를 신고
자갈밭에서 한참을 서성거리던 사내가 있다
큰 돌 위에 걸터앉아
가만히 물소리나 듣고 오는 사내가 있다
언제 주웠는지 허리도 한번 구부리지 않고
반질반질한 검은 몽돌을 넌지시 건네던 사내
이런 돌을 '애무석'이라고 했다
불편할 때 만지면 기분이 좋아진다고 했다
호주머니에 넣고 대추알처럼 만지작거리면
바람도 구름도 풀꽃도 다 내 것 같았다
사실, 물소리는 물소리가 아니라고 했다
물소리는 물속에 사는 돌과 돌이 몸 부딪는 소리라고 했다
사람과 사람이 얼싸안고 뜨거워지는 소리라고 했다
새벽에 강변에 가면
강에서 굴러 나온 검은 돌들이 오종종 모여 있다
어디 하나 모나지 않은 둥근 돌들이
물소리를 촉촉이 머금고 사금파리처럼 빛나고 있다

* 장옥관 시인에게 이 시를 바칩니다.

한참을 웃고 떠들고 이내 평온해졌다가 고개를
주억거리더니 다시금 혼자 키득거리는 사람

여, 여, 여기가 어딘가?
오른쪽을 보면 사이키가 번쩍거리고
왼쪽을 보면 지극히 가라앉은 세계
고갤 돌려, 이리 보고 저리 보고
어, 어, 어디가 내 집인가?
나의 본류는 어디서부터 춤을 추는가?
내가 만든 울림은 어디까지 운동하는가?
어떤 문장들은 그림으로 떠올랐다가
그 그림은 기호로 바뀌고 이상한 사람의 형상
다시금 고갤 돌려, 이리 보고 저리 보고
차츰 경계가 지워지고 사라지면서
원래의 표정으로 돌아온 사람
시무룩하게 죽은 나뭇가지를 바라보며
세계의 모든 걱정을 끌어안고
공벌레처럼 무릎을 가슴팍에 묻고서
초점을 잃고 멍하니 지나가는 바람의
뒷장을 뒤집고 있는,

너

구두끈을 묶다

어떤 시간이 있었다

그 어떤 무력이 그 시간을 멈추게 했던 것일까
시간은 전진하지 못하고 식은땀을 흘리고 있었다
작은 손을 뻗었으나 차마 잡을 수 없는 시간이었다
귓바퀴에서 이명이 들려오고 있었다
따라오라는 것인지, 저기 멀리로 가라는 것인지,
알 수 없는 공명이 귓속의 자갈을
마구 어지럽게 굴리고 있었다
눈물과 타액이 하나가 되면서 목선을 타고 흘렀다
시간이 천천히 흐르면서 어떤 거대하고 밝은
통로를 통과하고 있었다
팔뚝의 솜털을 흔드는 공기의 저항이 느껴졌고
시간은 비로소 결심하기에 이르렀다
죽기로 했던 비장함이 비겁함이 아니었다며
변호했지만 이내 절규로 바뀌고 있었다
그렇다, 푸른빛이란 존재하지 않는다
빛은 한번도 색을 가져 본 적이 없으므로

나는 맹인의 차가운 동공만을 신뢰한다

허름한 노인이 놀이터 벤치에 구부러져 있고
그 주위로 비둘기들이 모여들었다
아무 색도 없는 빛을 종일 해바라기하는 시간이
모래성 안에 갇혀 조용히 울고 있었다
차곡차곡 허물어지는 시간이여!
오늘도 나는 내 낡은 구두끈을 질끈 동여맨다

너에게로 가는 시간이 조여 온다

거북이

잠을 잡니다. 어떻게 하면 더 오래 잘 수 있을지 궁리합니다. 웅크리고 앉아 딱딱한 갑장 속에 가둔 긴 잠. 석 자 원목 사육장 안에서 코를 골며 잠을 잡니다. 잠에 취해 잠을 자면 더 깊은 잠 속으로 빠져듭니다. 잠이 달아날 때까지 더 깊은 잠이 또 다른 잠을 불러옵니다. 그만 자도 될 것 같은데 잠을 자던 습관이 조금 더 잠을 자게 내버려 둡니다. 배고픔 따위는 잠과 바꿀 수 없습니다. 잠만 잘 거면 왜 태어났냐는 헛소리에 귀를 닫습니다. 더 깊고 더 오래 자는 것이 장수의 비결입니다. 치커리와 애호박 향이 잠을 흔들어도 아랑곳하지 않습니다. 눈을 떠 볼까 하는 마음이 들 때면 발가락이 다시 잠을 움켜쥡니다. 어제부터 잔 잠은 좀처럼 잠을 놓아줄 생각을 하지 않습니다. 며칠은 더 끄떡없이 잘 수 있는 잠은 탱크처럼 견고합니다.

이제는 잠도 지쳤는지 잠이 잠을 깨우려고 기지개를 켭니다. 그제야, 몸속으로 들어갔던 머리가 잠 밖으로 천천히 나옵니다. 잠을 깬 건지, 아직도 잠 속인지, 헷갈려 하던 잠이 사위를 두리번거립니다. 세상에서 제일 지루한 하품을 길게 하고 마지못해 잠 밖으로 걸어 봅니다. 한 발을 딛고 생각하고 또 한 발을 딛고 생각합니다. 무슨 생각을 했는지 기억이 나지 않아서 지난 기억을 되짚어 봅니다. 이것도 저것도 만사 귀찮다는 듯 다시 발가락을 천천히 집어넣습니다. 잠은 다시 나른해지면서 몸속에서 달콤해집니다. 죽은 듯 살아 있는 잠은 또다시 아득한 시간을 품고 있습니다.

울산

여자는 울산으로 떠났다

대왕암이 지척이라고 했다
고래처럼 평온하다고 했다

꼭 한번만 듣고 싶었는데
다시는 만지지 못할 것 같다고 했다

예쁘고 건강한 사람을 만나라고 했다

예쁘다는 말, 건강하다는 말은 참 어려운 말이다
사람을 만나야 하는 것인지는 더욱 모르겠다

낮잠을 자다 깨면 귓속에서 파도 소리가 들렸고
침대에 걸터앉아 먼 산을 해바라기하는 여자가 보였다

텃밭에 물을 주면 무릎을 오므린 공벌레들
손바닥에 올리면 데굴데굴 굴러다녔다

며칠 후면 해바라기꽃이 필 것 같다
꽃이 시들면 야윈 줄기가 휘청거리겠지

흰 나비 한 마리가 저 멀리 날아간다
산~울 산~울 예쁘고 건강하게 돌아 나간다

참형

웅크리고 있는 것들, 자라나지 않는 것들, 나아가지 않는 것들, 불어오지 않는 것들, 비틀거리는 것들, 부딪히는 것들, 미끄러지는 것들, 돌보지 않는 것들, 내던지는 것들, 뻗어 내지 않는 것들, 소리 지르지 않는 것들, 소요하지 않는 것들, 일어서지 않는 것들, 그리하여 멀어지는 것들,

이러한 모든 것들의 마음 위에
부드러운 돌탑을 세웁니다
빛도 별도 들지 않아 지극히 고요한 세계에
비루한 이름 하나를 새깁니다
나를 옥죄던 불온한 생각들을
징벌의 밤이라 부르겠습니다.
절도와 강도와 살인을 한 죄수들이
밤하늘의 달그림자 사이로 반짝입니다.
이미 죽은 바람과 살고자 하는 바람이 뒤엉켜
한때의 춤을 추고 계절을 움직입니다
유리창을 열면 고목이 된 복숭아나무
잔가지들이 부딪히며 낯선 이름을 불러옵니다

얼어붙은 땅 위에 발자국을 찍어 보지만
나는 차마 슬픔을 깨울 수 없습니다
사람들과 씨앗들, 돌멩이들과 쇠붙이들이
종아리까지 감싼 두꺼운 코트를 입고 돌아다닙니다
큰 소리로 웃는 사람은 이내 시무룩해져
몸으로부터 아득하게 멀어질 것입니다

작은 별 하나가 그믐의 낫에 목을 긋습니다

바람과 나

용산에서 동인천으로 가는 급행 열차였다

술을 마셨는지 얼굴이 불콰한 중년은 기둥을 잡고 졸고 있고
짧은 치마 위에 조그만 핸드백을 올려 둔 여자는 팔짱을 끼고 있고
우람한 체격의 남자는 다리를 쩍 벌리고 고개를 갸웃하고
동그란 뿔테 안경을 낀 똘망똘망한 소년은 핸드폰 게임을
하고 있고
지팡이를 한 손에 그러쥔 할아버지는 마스크를 썼다 벗었다
하고 있고
임신부석에 앉은 찢어진 청바지 소녀는 이어폰을 끼고 있고

여섯의 남이 여섯의 나로 보였다

그동안 살아 줘서 고마워, 있어 줘서 그걸로 됐어
하마터면 일어나서 한 명 한 명 뽀뽀를 할 뻔했다

가슴이 벅차올라 울컥하는데 그들의 배경 뒤로
흰빛들이 물안개처럼 피어올라 눈물이 맺혔다

동인천역 광장, 화단 옆에 앉아 지나치는 수많은 나를 봤다
한 줄 한 줄, 차마 읽기도 전에 스치는 너라는 내가

바람으로 흩어지고 또다시 불어오고 있었다

* 제목은 한대수의 노래 〈바람과 나〉에서 차용했음

미쁜 집

새로 이사 온 재개발지역의 낡은 2층 단독주택
뚜껑을 닫지 않으면 반나절 만에 미색 페인트가
천장에서 소금처럼 설탕처럼 마침맞게 흩뿌려지는 집
금이 간 좌변기를 실리콘 총으로 촘촘하게 메우고
아귀가 맞지 않는 창틈 새로 뽁뽁이를 덕지덕지 붙인 집
세탁기도 없는 욕실 구석에 앉아 팬티와 양말을 빨고 있으면
미끄덩한 가루비누가 손톱 사이 검은 때를 먼저 지우는 집
작은 화단에 심은 씨감자가 싹을 틔워 하루만 가지를 치지 않으면
환삼덩굴처럼 온 마당을 초록으로 물들이는 집
미친 척 야밤에 앰프 틀어 놓고 기타 치며 고성방가하면
4층 연립에 사는 아저씨가 부들거리며 대문을 발로 차고 가는 집
짬뽕 한 그릇만 시켜도 싫은 내색 한번 하지 않고
가파른 언덕을 부릉부릉 오르는 중국집 오토바이가 나는 좋다
20년째 재개발을 기다린다는 통장 아줌마의 푸념에도
그러거나 말거나 시큰둥한 동네 길고양이들이 나는 참 좋다
어떤 날은 집이 와르르 무너질 것 같아 꿈자리도 사나워서
식은땀을 흘리다 일어나면 괜찮아, 괜찮아, 낡은 집이 나를
안아 준다

사진작가가 살다가 아메리카에 스튜디오 차려 빠이빠이 했고
미대 여대생이 와인만 먹다가 불란서로 국비장학생 유학 떠난 집
지도를 펼쳐 놓고 내가 가고 싶은 나라들을 손톱으로 긁어 보지만
아프리카도 남미도 이태리도 하다못해 제주도도 요원한 집
밖에서 술을 먹다가도 지하철이며 자전거를 타고 어딘가로 내
달리다가도
이 집이 무너져 폭삭 주저앉을까 봐 내팽개치고 달려오고 싶은 집
누가 와도 좋지만 오지 않으면 더 좋은 나의 집으로
매일같이 햇살은 들고 바람은 불고 그 새로 피어나는 나팔꽃

오직, 바람

고추와 상추와 딸기와 방울토마토 모종을 심었다
해바라기와 케일과 샐비어 씨앗도 뿌렸다

매일같이 조리개로 한가득 물을 주고
퇴비도 주고 잡초도 솎아 주었다

양껏 물을 머금은 식물들은 하루가 다르게 키가 자랐고
가지를 자르고 지주대를 박자 줄기들이 꼿꼿하게 올라왔다

중심을 잡아 줘야 열매가 맺힐 거라 생각을 했다
아니, 중심이 사라져야 바람이 춤을 출 거란 생각을 했다

지주대를 뽑아 버리자 오른쪽으로 왼쪽으로 휘청거리던 식물들
한쪽이 다른 한쪽으로 비스듬히 무너지면서 오롯해지고 있었다

심지도 뿌리지도 않은 민들레 한 송이가
화단 모서리 콘크리트를 비집고 칠렐레팔렐레 춤을 추고 있었다

빛도 물도 흙도 없이 바람만으로 온 세계를 뒤흔들고 있었다

거울과 겨울 사이의 시간

적멸의 시간 위에 녹슨 거울을 던졌다
작은 크랙의 분열이 속도와 만나면서
거울의 성분들은 외따로이 빛났다
사람들은 겨울이라고 외치고 다녔지만
어떤 눈도 좀처럼 흩날리지 않았다
보이지 않던 것들이 들리기 시작했고
들리지 않던 것들이 보이기 시작했다
팔도 없고 다리도 없고 몸통도 없는 사람들이
숲과 사막과 바다 한가운데를 부유했다
시간은 하나의 작은 공처럼 굴렀으나
그 어떤 시간도 그물을 통과할 수 없었다
치타보다 빨리 달려가던 슬픔이
시간을 앞지르기 위해 피치를 올렸지만
오래지 않아 그 자리에 풀썩 주저앉았다
배고픔에 어슬렁거리던 하이에나 떼들이
헉헉대는 슬픔의 허벅지를 물어뜯었다
이 세계의 무늬가 겨울을 지탱하는 동안
거울은 사라졌고 시간은 천천히 녹고 있었다

당신의 물

한 잔의 물이 이 세계의 모양을 결정한다
물이 사라지자 유리컵의 공간은 해체된다
물이 있던 곳에는 비릿한 물무늬만 남았고
담을 수 있을 것이라고 믿던 어리석음들은
차마 유리컵이 있던 세계만을 추종하고 따른다
외부의 완력으로 견고하게 고정된 프레임이
물의 성분을 만나 할 수 있는 것들이란
껍데기 속에 슬픔과 절망과 고독을 가두는 일
물이 증발하면서 세계의 시간도 서서히 소멸되고
물이 있던 자리에는 깊게 파인 주름골짜기
물과 물이 만나 자연스럽게 희석된다는 것은 거짓
어제의 물과 오늘의 물 사이에는 보이지 않는 띠가 있다
이미 지나간 감정에게 용서와 화해를 강요하지만
당신의 물은 기억한다, 몸이 사라진 후에도 기억한다
층층이 쌓아 올려진 감정들이 폭탄주처럼 흔들거리면
그때의 기억을 애써 지우며 반쯤 마시고 반쯤 흘린다
이내, 뒤섞일 수 없다는 것을 알아 버린 후에야
버무려지지 않는 그 분비물을 기어이 보고 난 후에야

다시 물을 마신다, 그 물은 지금의 감정을 기억하겠지만
망각이라는 편리 앞에서 물의 성질을 오해한다
해바라기 꽃병 속에 천천히 물을 따르면
화들짝 놀란 노란 잎들이 지금의 감정을 이해하지 못해
각각의 검은 씨앗 속에 기억을 저장한다

사라지는 나무들

도마뱀의 꼬리처럼 식물들이 뿌리만 남기고 사라졌다. 삽시간에 숲은 휑해졌고 영문을 모르는 산새들은 어리둥절했다. 하루 아침에 일자리를 잃은 벌목공들은 그루터기에 앉아 망연자실했다. 멧돼지와 사슴, 계곡의 자갈들과 떠도는 구름들이 나무들을 찾아 달라며 아우성이었다.

바싹 말라 간 뿌리들이 우리도 못 살겠다며 흙을 뚫고 지상으로 나왔다. 습한 음지의 그것들에서 줄기가 자라고 잎이 돋기 시작했다. 다시 꽃을 피우고 열매를 맺고 숲은 울울창창해졌다. 그렇지만 나무들은 각오한 듯 뿌리만 남기고 이내 사라졌다.

어디로 갔을까? 나무들은. 왜 뿌리만 남기고 사라진 것일까? 백화점이나 시장에도 없고 파리바게뜨나 배스킨라빈스에도 없고 후미진 골목 어귀나 빌딩숲에서도 찾을 수 없었다. 그럼에도 나무들은 계속 자랐고 계속 뿌리만 남기고 사라졌다.

어느 날부터 사람들이 발목을 자르고 달아났다. 발목 없는 귀신처럼 둥둥 떠서 오래된 시간 속으로 부유했다. 집에 두고 온

발목 위로 환희와 고독, 에고와 찰나가 다시 자라곤 했다. 수많은 발목들이 대파의 몸통처럼 다시 솟기 시작했다.

나무들과 사람들이 모두 사라졌지만 계속해서 나무들과 사람들은 자라났다. 아무도 이상하게 생각하지 않아서 아무 일도 아닌 것으로 생각하게 되었다.

출가

장작은 활활 타고 불씨만 남은 화목난로 속에 한 줌의 톱밥 대신 한 장의 붓다를 찢어 던지네 울음 울던 활자들은 일제히 일어나 향을 피우고 누구에게도 발설하지 못할 한 장만큼의 평온함이 비루한 세계의 온도를 차마 붙잡고 있네

더럽고 해진 가사를 걸친 겨울의 빛이 온화하게 손을 내밀어 화목의 문을 여네 기어이 제 몸을 던져 한때를 불 밝히고 상념을 적념으로 넘어서서 가부좌를 틀면 어디선가 들려오네, 타오르는 목탁 소리

그동안 이 속에서 많은 것들이 타올랐네 분지르고만 싶었던 뭉툭한 발가락과 주워 담지 못하고 흘러넘쳤던 혓바닥들 부끄러운 마음을 부끄럼 없이 내지르고 사랑을 사랑이라고 안아 주지 못한 마음이여

돌아보면 집은 없고 구불구불한 길들 이제 집을 떠나네, 떠나간 집은 멀리하려네 저 화목 속에 삿됨과 사특을 불사르고 아무것도 걸치지 않은 몸뿐인 몸으로 두 무릎 꿇고 손바닥을 너에게

펼치겠네

　불씨 속에서 날개도 없이 홰를 치던 민둥머리 새 한 마리, 화들짝 등짝을 후려치네

그래도 구월이다

구월이다. 강원도는 벌써 춥구나. 나무 옷걸이에 야상이 걸려 있지만 나는 소매 없는 얇은 넝마만 걸치고 너를 맞는다. 피부에 전해지는 스산함이 솜털을 곤두세운다. 구월인가. 오래전, 어느 해였을 거다. 가물가물하지만 그 기억은 선명해서 가끔 나의 몸 달력은 그때로 회귀한다. 노파가 어린 아이를 업고 천천히 걷고 있었다. 복숭아만 한 엉덩이를 마디 굵은 투박한 손으로 받치고 있었고 어린 아이는 죽은 듯 잠들어 있었다. 노파의 등은 따스했을까. 어린 아이는 한쪽 뺨을 등에 맞대고 어떤 꿈을 꾸는 것만 같았다. 나는 막차를 기다리고 있었다. 노파와 어린 아이는 그렇게 내 등 뒤로 멀어져 갔다. 아무 말도 하지 않았고 아무 일도 일어나지 않았다.

구월이다. 하루에 두 끼만 먹고 있다. 살이 조금 빠지면서 바지가 헐렁해졌다. 송곳으로 벨트 구멍을 새로 냈다. 허리에 난 신작로 위로 뱃가죽이 빽빽하구나. 산책을 조금 하고 오랫동안 흔들의자에 앉는다. 책을 들고 있지만 펼쳐 보는 일은 좀처럼 드물다. 구월인가. 저녁이면 가문비 숲으로 반딧불이가 떼춤을 춘다. 군대 시절, 행군을 하면서 처음 본 그 화무火舞를 철모에 담아 오랫동안 흙길을 밟았었지. 몇 마리의 사소한 감정들이 뒤엉킨 그때의 길이 떠오른다. 덕분에 나의 철모는 따뜻해졌었지. 귀뚜리와 이름 모를 풀벌레 소리가 내 등 뒤에서 까맣게 울음 울었던 그때도 아마 구월이었지. 그렇게 말라비틀어진 옥수수가 고랑마다 구부정하게 서 있던 그래, 구월이었지.

구월과 구월 사이에 어떤 달을 심어야 하나. 고라니가 들개처럼 컹컹 울고 있는 들녘에 서서 가만히 너를 맞는다. 어제는 비가 왔고 그제도 비가 왔다. 더 이상 비는 나를 슬프게 할 수 없다. 노파의 등은 아직도 따스할까. 어린 아이의 한쪽 뺨은 아직도 붉은 꿈을 꾸고 있을까. 나의 철모는 지금 어떤 젊음이 뒤집어쓰고 있을까. 녹슨 수통처럼 나는 오랫동안 말이 없다. 그래도 구월이고 구월은 늘 그 달만큼의 풍경 속에서 흔들거리니까. 나이가 들어서 알 만한 게 아니라 그렇게 믿고 싶을 뿐. 인천집 내 방은 지금 곰팡이로 가득하겠지. 온갖 습한 것들이 모닥모닥 누런 벽지 위로 고요와 적막으로 번져 있겠지. 춥다. 나무 옷걸이에는 깃이 해진 쑥색 야상이 걸려 있지만.

* 제목은 강산에의 노래 〈그래도 구월이다〉에서 차용했음

흰 개

살얼음 낀 물그릇 위로 눈송이들이 내려앉으면

해진 이불 속에서 웅크리고 있다가 몸을 뒤척인다

긴 혀를 내밀고 제자리에서 껑충거리며 돌고 있는 흰 개

저의 꼬리를 물기 위해 동심을 그리는 마음을 생각한다

흰 것 위에 흰 것들이 뒤덮으면서 적막으로 피어나는 눈꽃

사람들이 지나간 발자국의 이력이 순백으로 지워지고

가야 할 길을 잊은 흰 여백이 쓸쓸한 공명으로 들어찬다

뒤돌아서는 사람들의 손등 위로 떨어진 눈송이들을 핥으면

차가운 것 위로 따뜻한 혓바닥이 미운 마음을 쓰다듬는다

솥단지에서 보글보글 김치죽이 끓는다, 아 배가 고프다

허기진 마음 사이로 구수한 냄새가 가득 부풀어오르고

비로소 흰 개는 세상의 모든 슬픔을 두 다리를 꺾어 그러모은다

지붕 위에도, 처마 위에도, 마당 위에도, 내 콧등 위에도,

흰 것들이 하냥 겨울잠을 자고 나는 그제야 긴 눈을 감는다

걷는 사람

눈보라가 치는 사막으로 한 사람이 걸어 들어갔네
어디서부터 얼마나 걸었을까, 구두창이 발바닥에 들러붙어
단단해진 굳은살 하나가 묵묵히 천천히 걷고 있었네
모진 풍파에 허우적거리던 팔다리는 죄다 닳아 버렸는지,
더 이상 생각할 것이 없다는 듯 머리통도 잃어버린 채,
그 어떤 형체도 없는 한 덩어리의 슬픔만이 걷고 있었네
누군가는 소매를 붙잡고 앉아서 쉬었다 가라고 했지만
걷는 것이 쉬는 거라면서 어딘가로 계속 걷고 있었네
그 길 위에서 만난 기차와 구름, 흙먼지와 꽃씨들이 따라다녔지만
그는 웃으며 더 이상 따라오지 말라며 손을 흔들었네
그리하면 할수록 멀어져 갔던 것들이 그를 뒤따르곤 했네
어릴 적 툇마루에 누워서 봤던 북극성 옆의 작은 별들과
큰 비가 오면 고랑 사이로 흘러넘쳤던 피어나지 못한 얼굴들
멀어져서 돌이킬 수 없는 시간들이 다시금 길 위에 펼쳐지면
땅바닥에 무릎을 꿇고 엉엉 소리 내어 울고 싶었지만
그는 이내 마음을 추스르고 어떤 바람의 냄새 속으로 걸었네
끊임없이 무언가가 옥죄었지만 당최 내 것은 없었으므로,
입술을 꾹 다물고 사막의 눈보라 속으로 들어가는 검은 발자국

이인자

외할아버지는 고수였다. 북을 메고 산과 들을 헤집고 다니셨다. 새끼 무당 머리도 올려 주고, 내로라하는 국무들과 풍어제로 조선팔도 다 돌아다니셨다. 이인자는 그가 낳은 큰딸인데, 외할아버지가 북치고 유랑할 때, 가계를 떠맡아 산과 들로 나물과 버섯을 캐고 돌아다녔다. 큰딸은 살림밑천이라고 남산에서 논산으로 열 살 많은 엘리트 건달에게 스물둘에 시집을 보냈다. 지지리도 가난한 집에 몸종처럼 들어가 고모 셋과 철부지 막내삼촌까지 떠맡아 산과 들로 품앗이를 다녔다. 외할아버지는 오일장 저녁에 떨이로 내놓은 복어 네 마리를 드신 후, 거품을 물고 돌아가셨다. 이인자는 백일도 안 지난 아기를 등에 업고 흙바닥에 주저앉아 통곡을 하였다. 그때의 이인자의 측면을 나는 지금도 생생하게 기억한다. 붉은 장작이 타오르는 가르마 사이로 푸른 빛이 돌면서 먼 곳에서 들리는 둥둥 북소리. 나는 너무 무서워, 포대기 위에 얼굴을 묻고 자지러지게 울었다. 그때마다 들리는 북소리. 지금까지 들리는 그 북소리. 둥둥 울지 마라, 아가야. 엄마는 고수의 딸이었다.

저녁의 비취

가 닿을 수 없는 너의 이름이 어룽어룽 빛나는 것이었다

너의 작은 눈 속, 더 작은 속 것들이 파르르 떨리는 것이었다

그리하여, 해가 지는 저녁의 산기슭 위에서

갈대들은 호르르 호르르 여린 날개를 비비는 것이었다

저 푸른 저녁의 빛을 그렁그렁 그러모으는 것이었다

별과 바람과 비와 구름이 둥근 염주처럼 돌아 나가는 것이었다

어제는 산까치도 어리여치도 버들피리도 아니 우는 것이었다

때문에 오늘은 둥글고 납작한 돌을 미쁘게 쓰다듬을 뿐

우두커니 강가에 서면 너의 물수제비가 나지막이 날아드는 것이었다

다슬기를 잡던 그 손으로 다시 다슬기를 놓아주던 사람이
있었다

강물에 손을 담그고 있으면 가만히 손등을 매만지던 사람이
있었다

발자국 소리를 내지 않고도 천리 적막을 따라오던 사람이 있었다

버린 것이 아니라 아주 잠깐 두고 왔다고 울음 울던 사람이
있었다

어두움에 베인 손가락으로 이름 모를 풀꽃 하나 사붓 건드리면

순한 잠에서 깬 반딧불이처럼 자꾸만 눈을 비비던 사람이 있었다

저녁의 문

해가 질 때까지, 멀어져 갈 때까지,
갈 곳 없이 어딘가로 걷고 또 걸었네

대나무 지팡이 없이 열 걸음도 못 걷는
그리하여,
돌아갈 날만 손꼽는 늙은 아버지와
그 옆에서 겨울햇살을
연옥처럼 내리쬐는 쭈그렁 어머니의
갈라진 발뒤꿈치 각질이
세상의 끝, 이내 바서져 무너져 버릴
오래된 폐가는 아닐 것이네

나는 무심히 지나쳤던 풍경을 호두알처럼 궁굴렸고
다시 왔던 길을 걸으며 그 자리 그대로 던져둘 뿐
어두운 것들이 뒷목을 서늘케 하면서
저녁의 공원은 돌멩이와 풀씨들로 다보록해지네
봉분처럼 다감하고 순해진 그림자들이
모닥모닥 모여 이 세상에서 가장 적막한 벽돌들로

기둥과 벽을 세우는 시간

차마 들어갈 문을 찾지 못해
애꿎은 달을 보며 사위를 두리번거릴 때
어두운 저쪽에서 삽짝처럼 미끄러지는 한 냥의 바람이여!
장님처럼 손을 휘저으면 비로소 환하게 열리는 적멸보궁이여!
댓돌에 발을 올리면 어느새 먼저 와서 이불 펴는
한 덩어리 쓸쓸한 말씀을 경전으로 읽는 저녁
손베개를 하고 은하를 올려다보면 수억 광년 떨어진 별들이
양 한 마리, 양 두 마리, 양 세 마리,
내 얼굴의 흩어진 점처럼 울음 우네

문밖에서 서성대던 바람이
푸스스, 빈 옆구리를, 파고드네

저녁의 붓다

희고 늙은 그는 숲의 초입부터 나를 뒤따르고 있었다
원시림의 무거운 가지처럼 축 늘어진 젖무덤을 끌고
오랜 원죄의 덤불을 지나온 그의 눈빛은 깊고 담담했다
이 숲길의 마른 꽃잎과 작은 풀씨들과 어린 돌멩이들을
죄다 그러모아 차곡차곡 빗질하려는 듯
너럭바위와 두 개의 우물을 지나는 동안
희고 늙은 그는 그 어떤 짐승의 울음소리도 내지 않고
묵묵히 내 뒤를 따르고 있었다
다리를 절지는 않았으나 순하게 늙은 행자의 보폭처럼
숨 쉴 때와 숨 고를 때를 잘 아는 그의 걸음은
좀처럼 나를 앞서지 않고 내가 가야 할 구도의 거리만큼
희고 찬 눈빛으로 짐짓 먼 곳을 향해 묵도하는 것처럼 보였다
나는 천천히 발걸음을 옮기며 그가 수없이 건너왔을
어떤 정념의 시간과 그가 멈춰 선 지금의 한 호흡만을 생각했다
찻물을 입에 가득 모으고 오랜 시간 먼 풍경에 가 닿기를
두 손 모으던 하얀 밤들이 있었다
보이는 것보다 보이지 않는 것이 이 세계의 나무가 되고
숲이 되고 구름이 되고 당신이 된다는 것을 조금 알게 되면서

어느덧 불혹을 넘어서고 있었지만
아직 나는 이 저녁의 풍경을 담기에 미혹할 뿐이다
내가 차마 다 읽어 내지 못한 풍경들을 두리번거릴 때,
그의 긴 하얀 속눈썹은 제월당 돌담을 어루만지고 있었다
셔터를 누르는 사람들 속에서 그는 흰빛의 배경으로
소쇄원의 저녁을 모락모락 불러모으고 있었다
나는 숲길을 내려왔지만 그는 그곳의 풍경으로 남아 있었다
배롱나무와 치자나무 그늘 위에 물든 저녁이 흰빛을 머금고,
황매화 여린 잎들 사이로 소~ 쇄~ 소~ 쇄~
맑고 깨끗한 바람이 그의 흰 꼬리를 쓰다듬고 있었다

동토

잿빛 날개를 오므리고 동그랗게 떨고 있는 작은 새의 절망이

계절은 찾아오는 것이 아니라 찾아가는 것이라고 믿는 슬픔이

기다려도 오지 않음을 알기에 그제야 오롯이 기다릴 수 있는 적막이

버릴 것도 벼릴 것도 없어서 흙 속에 고갤 처박고 있는 적멸이

관을 뚫고 나온 울음으로 빗돌에 부딪혀 다시금 구천을 떠돌고 있습니다

두꺼운 외투를 벗고 겨울 앞에 서면 오래된 살비듬이 바스락거립니다

보이지 않는 것의 세계로 한 마리 짐승이 또각또각 걸어가고 있습니다

흉흉한 소문들이 빈 가지를 흔들면서 지나가던 바람의 길을
내주고 있습니다

얼어붙은 먼지들이 별자리로 반짝이고 좌표를 잃은 행인들이

지상으로 떨어진 유성우를 맞으며 흑점으로 아득하게 멀어지
고 있습니다

맨발로 당신을 밟으면 꿈틀거릴 새도 없이 녹아 버리는 새벽과
마주합니다

선한 눈으로 언 강을 바라보는 사람의 두 주먹 위로 핏발이 몰
아칩니다

활력

군대 시절, 땅벌에 수십 방을 쏘이고 그 자리에 주저앉아 숨을 헐떡이다 오줌과 똥과 분비물을 질질 흘리며 죽었습니다. 새벽 4차선 도로를 비틀비틀 걷다가 시속 80킬로 택시에 치여 분쇄골절과 뇌진탕으로 죽었습니다. 쇠살무사에 새끼손가락이 물려 썩어 들어가는 팔뚝을 부여잡고 서서히 새까맣게 죽었습니다. 썬플라워모텔 506호, 술에 취해 쓰러진 새벽, 4층 화재로 가스를 잔뜩 마시고 일산화탄소 중독으로 죽었습니다.

죽음 위에 죽음이 덧칠돼 팔도 없고 다리도 없고 머리통도 없는 그것이 내 옆을 스칩니다. 아무런 냄새도 없이 무늬만 살아남아 떠돌다가 어떤 생각에 머무르면 잠시 고개를 갸웃합니다. 그것은 살얼음 낀 강을 무시로 건너 맨몸으로 빙벽을 오르고 마침내 절벽 위에서 죽어 있는 것들에게 안녕을 하며 제 몸을 내던집니다.

죽다 살아난 것이 아니라, 여러 번 죽다 보니 죽은 채로 사는 것에 이력이 난 생활이 활력이 되어 내 몸속에서 기생합니다. 어디를 가도, 누구를 만나도, 무엇을 해도, 두려움을 모르는 한 마리의 내가 네 발로 나를 끌고 다닙니다. 나는 내가 무서워 오랫동안 나를 가두고 징벌했습니다.

그 길 위에서 만난 꽃들과 흙들과 별들은 아무리 웃고 떠들어도 이미 죽은 것이어서 오래된 슬픔입니다. 오래전 눈물을 다 흘려 보내 더 이상 흐르지 않을 거라 생각했지만 어제도 오늘도 당신만 보면 흘러넘칩니다. 추운 겨울의 아스팔트 위에서 위태롭게 자라나는 민들레 한 송이,

어디서 날아왔는지, 흰 눈송이가 가느다란 이파리 위에서 떨고 있었습니다.

독감

진통제와 해열제가 물에 녹으면서 몸은 나른해진다. 쑤시고 지끈거리던 몸은 아프다는 마음을 잊으려는 듯. 무거워진 눈꺼풀 사이로 푸른 숲과 계곡들. 힘이 빠진 팔과 다리는 시계추처럼 축 늘어지고. 누군가 부른 것 같아 돌아보지만 고개는 아까부터 움직이지 않는다. 등에 붙어 축축해진 시트를 떨어내 보지만. 다족류의 빨판처럼 악착같이 달라붙어 옴짝달싹할 수 없다. 아주 잠깐 눈을 감았는데 천 년이 흐른 듯 너의 얼굴이 가물가물하다.

속눈썹에 붙은 눈곱이 가을 소풍 때 따라온 달고나 아저씨의 달콤한 샐비어 향으로 찐득거린다. 아까부터 눈을 떴으나 아직도 잠에 취해 비틀거리는 잠. 다시금 눈을 감고 어떤 생각에 잠긴다. 그만 일어나, 이제 그만 일어나, 어디선가 흔들어 깨우지만. 일어나도 딱히 할 일이 생각나지 않아서 조금만 더 누워 있기로 한다.

잠이 더 깊은 잠 속으로 포근하게 안아 주면 비로소 일주문 위에 둥지를 튼 작은 새도 고개를 처박고 웅크리는 것이었다.

고라니를 생각하다

달이 기우는 쪽으로 고라니가 가는 무릎을 세운다
동그랗고 여린 까만 눈알이 달빛에 잠시 흔들거리고
어린 고라니는 더 어릴 적의 고라니를 궁리한다
강변에는 자갈과 모래, 적막과 슬픔이 무더기로 자라난다
그 위로 절망이 피어나고 그때의 온도는 서늘하다
나무의 열매는 더 이상 열리지 않고 잎사귀도 시들하다
아무것도 먹지 않고 아무 일도 일어나지 않는 새벽이면
어린 고라니는 천천히 고개를 주억거리며 어제를 되새긴다
아침에 네가 걸었을 강변으로 터벅터벅 따라가면
아직도 식지 않은 손톱만 한 고라니의 똥 무더기
물안개가 일제히 피어오르며 강변의 모든 사위를 뒤덮는다
나는 강변의 무거운 돌을 골라 두 손으로 번쩍 들어올렸다
물안개를 뚫고 강 너머로 사라진 고라니의 흔적 위로
다시 오라, 다시 돌아오라, 몇 개의 징검돌을 놓아두었다
돌아오지 못할 곳으로 떠난 애인의 이마를 다시 짚는 마음으로
강물 속에 길 하나를 내고 움푹 팬 돌의 자리로 돌아왔다
달이 기우는 쪽으로 애인은 떠났지만 저 달은
내일이면 다시 강변을 서성일 것이다, 무릎이 시리다

벚나무 잎이 천천히 떨어지며 남기고 간 사소한 것들

앞마당의 벚나무 잎이 작은 바람에도 우수수 떨어진다
큰 빗자루를 들고 떨어진 잎들을 쓸기 시작하면
바스락거리며 오그라든 당신의 지문이 조각조각 바서진다
바람과 빛과 물이 일제히 분열하며 공중으로 흩어진다
검지까지 쭉 뻗은 감정선과 손목으로 가다 끊긴 생명선
그래, 생각이 많으면 오래 살지 못한다는 말은 틀림없다
빗자루가 쓸리면서 빗자루도 아플 거라는 생각에
빗자루질을 멈추고 떨어지는 잎들을 무심히 바라보았다
겨우겨우 붙어 언제 떨어질지 모르는 벚나무 잎을 보면서
어디서 불어왔는지 찬바람이 오른 뺨을 할퀴고 간다
뺨으로 누구를 때렸다거나 해코지를 했다는 소리는 금시초문
기껏해야 뺨은 누군가의 뺨을 비비거나
누군가의 어깨에 기대어 잠시 온기를 나누는 게 다일 뿐,
다시 빗자루를 잡고 떨어진 벚나무 잎들을 쓸기 시작한다
빗자루로 떨어진 잎의 뺨을 비비면서 언젠가 그 뺨을 타고
흘렀을
눈물의 길을 새롭게 닦아 내기 시작한다
떨어진 잎들은 결코 버려지거나 낙오한 것이 아니다

바닥에 대고 무언가 할 말이 있어 가뿐하게 하산한 것이다
더 이상 매달려 있는 것도 지겨워, 그만 놓아 버리고 싶었던 것이다
놓았다고 죽은 것이 아니듯 비로소 놓았으므로
바람을 타고 먼 곳으로 날아오르는 당신의 지금을

나는,

지극히,

사랑한다

낡은 서랍은 말을 한다

오래 열지 않은 서랍의 주변에서
퀴퀴하고 습한
나무 냄새가 난다

잘 익은 통기타의 상판처럼
모서리가 누렇게 변한
서랍의 낡음은 충분히 믿음직스럽다

설령, 저 문 안에
기대하지 않은 그 무엇이 나온다고 해도
나는 결코 당황하지 않을 것이다

당신이 무엇을 품고 있던지
나는 당신을 열어 보지 않을 거니까
그냥, 충실하게 그 자리에 있어 주면 좋겠다

오늘은 낡은 서랍이 말을 한다
그렇지만 오늘도 나는 당신을 꺼내지 않는다

한때의 절망과 고통과 방랑

시간은 착실히 구워져
낡은 서랍을 폭발하게 만들겠지만
결코 열어서는 안 된다, 낡은 서랍은

아무도 눈뜨지 않은 밤에
당신의 생활을 스크랩하고
저 스스로 다시 문을 닫은 채

거대한 나무의 꿈으로 공명한다
모든 늙은 서랍이 낡은 서랍이 되는 것은 아니다
문제는 연식이 아니라 건조된 상태

바싹 잘 마른 낡은 서랍은
배음이 좋다, 뒤에서 다시 한번 등짝을 후리는 메아리
슬픔도 고독도 뒤돌아보게 만든다

넘어지는 사람을 보았다

그는 돌부리에 걸려 허우적거렸고 허공에서 우스꽝스러운 춤을 추었다. 춥지는 않았지만 겨울이었고 거리에 드문드문 눈송이들이 흩날렸다. 조금 전까지 그는 차음이 잘 되는 헤드폰을 꼈는지 자신만의 소리에 집중하고 있었다. 그동안 재개발을 기다리는 낡은 4층 건물 위의 햇살이 바닥을 더듬거렸고, 이별을 한 해사한 여자아이가 그 자리에 주저앉았고, 신호등에 걸린 노란 택시 바퀴 안으로 한 줌의 바람이 매연과 함께 뒤섞이고 있었다.

그는 순간 도움닫기를 기다리는 체조선수처럼 양팔을 수평으로 벌렸다. 오른쪽 손이 땅으로 곤두박질치자 왼쪽의 손이 무거운 추를 단 것처럼 그 반대쪽으로 팔을 파닥거렸다. 무게는 좌와 우 사이를 오가더니 고깃덩이를 단 저울처럼 출렁이기 시작했다. 발목의 관절은 이미 뒤틀려 트위스트를 췄고 그 사이 시선을 잃은 눈동자는 수백수천 번을 허공과 땅바닥 사이를 오갔다.

그는 넘어지기 직전이었다. 어쩌면 넘어지지 않을 수도 있었다. 자신이 감당할 수 있는 무게의 축이었지만 그는 어느 쪽이든 넘어지는 것이 좋겠다고 생각한 것 같았다. 처음에 무너져 버렸던 방향과 지탱하던 방향 사이에서 그는 갈등하면서 허우적거리고 있었다. 넘어지지 않는 것보다 어느 쪽이든 넘어지는 것이 그가 선택한 이 세계였을까.

한남대교에서 잠실대교까지 걸으며 수없이 넘어지는 것들을 보았다. 구름이 구름을 잡고 넘어지고, 지나가는 자전거 사이로 바람이 뭉개져 넘어지고, 시계 속의 분침이 시침에 걸려 넘어지고, 새롭게 피어난 오늘의 희망 따위가 어제의 절망을 넘지 못하고 넘어지고, 그렇게 모든 것들이 넘어지는 사이에 사위는 밝게 어두워졌다. 넘어지게 되자 더 잘 걷게 되었다. 다리에 힘이 풀리자 어디서 피어났는지 새로운 꽃들이 활짝 피기 시작했다.

사막의 거북이는 오아시스를 생각한다

엄마, 라고 부르면 엄마 생각이 나고
구름, 이라고 부르면 구름 냄새가 나고
나무, 라고 부르면 두 팔로 안고 싶고
눈송이, 라고 부르면 왜 따듯한 느낌일까

귀하다는 말은 아주아주 참 좋다
아름답다는 말보다 더 귀하게 느껴지니까
하늘보다는 허공이, 허공보다는 공중이,
더 쓸쓸하게 느껴지는 것은 왜일까

나는 공중을 보면 맑아지고 밝아지는데
그리하여, 그것들이 귀히 여겨지는데
비로소 나는 선해지고 우뚝 서는데
내가 생각하는 세계는 왜 쓸쓸함으로 가득한가

의자를 사막, 이라고 부르고
당신을 거북이, 라고 부르고
피아노를 오아시스, 라고 부르고

사랑을 생각, 이라 부르면 덜 쓸쓸해지는 것일까

그렇지, 쓸쓸하다는 말은
어쩌면 평온하다는 말일지도 모른다
그러니까, 거북이가 쓸쓸하다고
의자나 피아노를 주어서는 안 된다

고로, 나는 다만 생각할 뿐이다

나무들

배롱나무 미루나무 자작나무 회화나무
슬픈나무 외론나무 쓸쓸한나무 고독한나무
하늘만바라보는나무 빈가슴찢어지는나무
열매맺지못하는나무 작은뿌리움켜쥐는나무
나무~ 나무~

빨간나무 파란나무 잿빛나무 검은나무
엄마나무 아빠나무 할배나무 아기나무
옆으로만날아가는나무 하루종일갸웃대는나무
아무것도알수없는나무 무엇이든물어보는나무
나무~ 나무~

그러나 난 너에게, 그 무엇도 바라지 않아
넌 사막을 걷고 또 걷다가 어느새 바람 무동을 타고
저 태양을 가로질러서 내 앞에 눈물로 서네
저 바다를 가로질러서 내 앞에 눈물로 서네

* 위의 시는 〈나무들〉이란 제목으로 작사, 작곡, 노래를 했음

예버덩에서

강물 소리가 들려 나의 마음에 닿으면
바람 소리가 불어 너의 어깨를 두드린다

잣나무 숲길 위로 다람쥐들이 뛰고
저녁 그 물빛 사이 여린 풀들이 뒤척인다

나는 왜 이곳에 남아
너는 왜 여기서 홀로

우두커니
우두커니

옛 들녘
예버덩에서

* 예버덩은 고평(古坪)의 순 우리말로 오래된 평야를 뜻한다. 강원도
횡성군 주천강로에 소재하고 있으며, '예버덩 문학의 집'이 자리 잡고 있다.
이 작품은 곡으로 쓰여 노래로도 불리고 있다.

가라앉히기에 충분히 설득력 있는 노래

내일의 심장은 어떤 모양으로 두근거릴까
이건 비문이어서 오늘의 뉴스는 정확하지
알 수 없는 것들로 가득한 날씨를 사랑해
폭염 혹은 폭우 그리고 기꺼이 외따로운 것들
올해는 장마라고 부를 수도 없을 만큼
짧은 비가 다녀갔고 이 세계는 잘 구운 바게트 같아
한낮, 카페에 앉아 있는 쌍쌍의 연인들
사막 같아, 모래알처럼 부서지는 마음들은
어디서 불어온 것인가, 이런 평화로운 소란이여
시간이 흐를수록 결국 이별과 가까워지는 거야
알면서도 모른 척 재잘거리는 회색앵무새
어떤 생각도 하고 싶지 않은 기분을 존중해
그렇다고 그 무엇도 의미가 없는 것은 아니지
어두운 것들, 빛을 잃어서 더 환해지는 저녁이여
저 가로등은 한번도 고갤 들은 적이 없어
슬픈 목이여, 구부러진 감정들이 빛나는 세계
대지를 밝히는 슬픔 사이로 또각또각 지나는 섬들
풀린 구두끈을 다시 묶으면 나는 완벽한 공벌레

바람 빠진 축구공처럼 날아가다 이내 가라앉는,
모든 적막이 공중과 빠이빠이 손을 흔들면서
가라앉지, 더 이상 가라앉을 수 없을 만큼
납작 엎드려 어떤 노래가 되는, 너를 닮은 새벽이여

36.9

누구도 무엇도 원망하지 않아, 당신도 이 세계도
나를 위해 도는 것들, 지금 잠시 멈춘 사이
나는 나에게 화가 난 거야, 내가 죽도록 미운 거야
미운 나를 죽여야만 살 수 있으니까
다시는 이런 감정이 일어서지 못하게
짓밟고 뭉개고 서툰 습작처럼 찢어발기는 거야
너의 잘못은 없어, 아직 입어 보지도 못한 가죽 재킷처럼
한 자리에 걸려 있던 건 너의 잘못이 아니야
오늘은 36.9도, 우리의 체온보다 더 뜨거웠지
가슴팍으로 흥건한 땀방울들, 어떤 마음에서 나온 울음일까
나쁜 생각들을 사랑하지, 이 짧은 문장은 오류투성이
나쁜 게 뭔지, 사랑이 뭔지, 그 누가 정언할 수 있을까
예수도 석가도 알라도 차마 몰라서 경전 따위나 남긴 거지
비겁하고 졸렬한 협잡꾼들의 혀를 자르는 새벽
오! 불쌍한 나의 혀, 다문 입술을 신뢰하기로 하자
오래전의 너를 생각해, 할퀴고 때려서 죽이고만 싶은 이 세계
그렇지만, 그럼에도, 완벽하게 죽일 수는 없었지
죽일 수 없다는 것을 알았을 때, 비로소 찾아온 빛이여

그때 만난 감정들을 차마 나쁘다고 말할 수 있을까
오래오래 묵힌 감정으로 만든 장조림은 그래서 짠 거야
소금 없이도 만들 수 있는 요리는 그래서 처연한 거야
여기까지 오는 동안의 너를 비춰 보네, 오래전 나의 거울아

희준에게

겨울햇살이 따뜻하다
오늘은 그곳도 이곳도 좋아
네가 있는 그곳에 사랑과 평화
우리는 어디서든 너를 기억해
너의 세계가 지극히 고요하고
나의 세계가 지극히 내려앉네
숨을 쉬고 있으면 그곳이 너의 세계
울고 싶을 때 울고, 웃고 싶을 때 웃고,
찬란하게 빛나는 언니의 나라
꽃들은 지금도 춤을 추고
너의 햇살도 꿈틀거리지
연필로 꾹 눌러쓴 빛나는 너의,

詩

— 2020년 3월 7일 산이 삼촌

* 고(故) 김희준 시인의 생전 안부에 회답을 한 글로서 교통사고로
돌아간 후에, 작곡을 하여 노래로 불리고 있다.

갈애

자유공원을 넘어 차이나타운을 지나 월미산으로 걷고 있었다 뒤를 돌아보니 작고 검은 나무가 따라왔다 그만 따라오고 네 자리에서 쉬라고 했지만 이제는 내 옆에서 같이 걷고 있었다 슬쩍슬쩍 내 눈을 보며 보폭을 맞추던 작고 검은 나무를 예뻐서 쓰다듬었다 이윽고, 작고 검은 나무는 나를 앞질러 춤을 추듯 걷고 있었다 영문도 모른 채 나는 작고 검은 나무를 따라가기에 바빴다 마침내, 뒤를 돌아봐도 옆을 쳐다봐도 앞으로 뛰어가도 작고 검은 나무가 숲을 이뤘다

바람과 구름, 저 산과 들은 영원할 것인가?

생각한 순간은 흘렀고 나는 다시 걷고 또 걸을 뿐,

울어라! 피아노

내가 본 죽음은 늙은 사람의 푹 꺼진 눈두덩
내가 들은 죽음은 바람과 물과 땅의 목구멍
내가 맡은 죽음은 시공을 넘어 휘도는 피톨들
내가 먹은 죽음은 누렁이의 물컹한 비곗덩이
내가 만진 죽음은 은하의 딱딱한 발뒤꿈치

보고 들은 적도 없고, 맡아 보지도,
먹어 보지도, 만져 보지도 못한 죽음들,

에 대해서 생각하는 밤은 즐겁다. 세상의 죽음들은 수묵화를 닮았다. 그것들은 모두 어떤 농도를 가지고 있어서 선의 굵기와 농도가 다르다. 살아온 내력이 다르듯 주검으로 누워 죽음의 자세를 한 것들은 담담하다. 고요하다.

삼십 년 넘게 피아노를 치다 피아노에 앉은 자세로 허리가 굽고 다리가 펴지지 않는 사람. 언제나 연주를 하려는 듯 양팔이 겨드랑이에 붙어 있지 않은 사람. 다리 한쪽을 옮기기 위해서 두 손으로 무릎을 움켜쥐어야만 하는 사람. 한 발 걷고 고개를 갸웃하고 또 한 발 걷고 기우뚱하는 사람. 세상이 음률이어서 새소리와 발자국 소리를 절대음감으로 콧노래 부르는 사람. 피아노를 짊어진 것이 아니라 혹이 되어 등가죽에 붙어 버린 사람.

조금 압니다 나는. 이 사람 잘은 몰라도 오래전에 죽은 사람임을 잘 압니다 나는. 내가 만났던 사람이 무거운 원목과 수많은 음계가 온몸을 돌아다니는 피아노였음을. 울산하늘공원 봉안실 45호, 작은 액자 속에서 피아노가 웃고 있습니다. 소국 사이로 피어난 작은 꽃말들이 화음에 맞춰 연주를 합니다.

피아노 곁으로 몰려든 죽음들이
음표 속에서 춤을 추는 밤입니다.

마을

마당에는 풀이 자라고
나는 그 풀만 종일 바라보다
꽃대를 염생이처럼 뜯어 먹고
느린 하품을 하는 것이었다

열 살 무렵이었지
학교를 파하고 신발주머니를 흔들면
세상의 빛들이 마구 달려오곤 했지

출렁이는 빛,
고요히 정수리에 내려앉는 슬픔,
알 것도 같았지만 차마 모를 일이었네

겨우, 짐작으로 살아왔다
내 몸이 짐짝이어서 여기저기 많이도 부렸다

다시, 풀이 자라는 마당에 앉는다
쇠똥 같은 마음들을 그러모으면

늙은 집들 사이로 불어오는 오래된 바람

착하고 여린 너희들
그 마음 씩씩하게 자라

마을이 되셨다
마을 사람이 되셨다

사이

케일과 상추 사이, 당귀와 딸기 사이,
도톰한 흙무덤을 만지면 스펀지처럼 폭신하다

무릎을 구부린 동그란 공벌레가 잎사귀 사이,
그 옆으로 데굴데굴 굴러다닌다

오후 햇살 위로 벌레들이 지나간 그 사이,
바람이 궁리를 하다 이파리에 작은 구멍을 낸다

식물을 보고 있으면 꿈틀거리는 게 보여서 질끈 눈을 감다가
다시 눈을 뜨면 그 사이, 한 뼘씩 내가 자란다

조금 늦게 자라도 돼,
햇볕도 바람도 잠시만 저 사이에 머물러 다오

아무것도 움직이지 않는 그 사이,
나는 지금이 너무 좋아서 내 머리를 쓰다듬는다

어제는 여든다섯 아버지의 굽은 목과 낡은 메리야스
그 사이에 떨어진 말 못할 시간을 몰래 주워 왔다

이 세상의 사이들이 시절만큼 적당히 멀어져서
식물 뒤편의 잎사귀들을 음각으로 주름지게 한다

오늘의 시

웃고 있는 것들
울고 있는 것들
잠을 자는 것들
걷고 있는 것들
노래하는 것들
춤을 추는 것들
주저앉은 것들
망설이는 것들
비틀거리는 것들
멀어지는 것들

그리하여,

거북이와 강아지를
돌멩이와 나무를
바람과 구름을
저녁과 언덕을
골목과 가로수를

호명하면,

거북이는 웃고 있습니다
강아지는 울고 있습니다
돌멩이는 잠을 자고 있습니다
나무는 걷고 있습니다
바람은 노래를 하고 있습니다
구름은 춤을 추고 있습니다
저녁은 주저앉아 있습니다
언덕은 망설이고 있습니다
골목은 비틀거리고 있습니다
가로등은 돌아서고 있습니다

슬픈 이름들이 출렁입니다

오늘의 가난

그리하여, 나는 흩어진 생각의 모종들을 그러모아 얼굴의 이 곳저곳에 아무렇게나 흩뿌리는 것이다

어떤 것들은 하나의 쌍떡잎으로 또 어떤 것들은 둘의 외떡잎 으로 빳빳하게 고개를 내밀고 있는 것이다

아서라, 아서라, 다시금 그것들을 두꺼운 손바닥으로 가만히 재우곤 하는 것이다

보이지 않는 귀와 들리지 않는 눈으로 신기시장 어느 구석에서 낮술을 마시는 초로의 사람들

가을도 오기 전에 가을전어 타는 냄새가 검버섯보다 고소하구나

여리고 희뿌연한 빛이 유리문에 붙은 셀로판지 사이로 새어 들 어온다

다섯 평도 되지 않는 시집을 애써 발문하려는 지각없는 선풍기

는 아까부터 삐걱거리고,

　무진장한 슬픔이 흘러넘치는 잔 위로 햇살 한 줌이 소금처럼
흩뿌려진다

슬픈 찬란

아침에 일어나면 삭발한 뒤통수를 천천히 어루만진다

한 번 두 번 그리고 또 한 번

불룩하게 솟아오른 언덕, 그 위에 핀 마른 잔디들

까슬까슬한 생각들이 손바닥을 쓰다듬는다

손금 위로 흐르는 강물과 강물, 그 사이에

가까스로 가까스로 입을 뻐끔거리는 다슬기와 돌고기 몇

오래전에 죽은 슬픔이 물돌 아래, 깊이 잠들어 있다

밤이거나 새벽이거나 눈을 감고 천장을 보면서 빌고 또 빈다

예수야, 슬픔이 가득 차올라 비로소 그 슬픔이 광명하게 해 다오

부처야, 세상의 가난이 나로 말미암아 너의 눈부심에 소금이
돼 다오

어김없이 아침의 빛은 나를 깨우고

베갯잇 아래, 수북하게 떨어져 있는 살비듬

나뭇잎의 각질이 떨어지고 있다, 아 가을

여우비가 오시는 거리를 천천히 걸어가는 긴 머리 소년

소주병에 담은 참기름 냄새가 발끝에 흥건하다

참깨

기다란 바지랑대로 후려치고 뭉툭한 빗자루로 쓸어 담아 방앗
간에서 몇 병의 참기름과 바꿔 왔던 때가 있었다

채마밭에 자갈을 들춰 보면 손톱만 한 공벌레들이 꿈틀거렸고
가만히 손바닥에 올려놓으면 커다란 참깨들이 기어다녔다

술만 마시면 TV브라운관을 맨주먹으로 박살내던 아버지가 세
상에서 가장 힘없고 슬픈 참깨였음을 글도 떼기 전에 나는 알았다

할아버지가 속주머니에서 꺼내 주던 말라비틀어진 참깨강정
하나를 오래오래 씹으면 단물로 환해져서 슬픔도 잠깐은 물러
서곤 했다

족발 털을 밀어 가계를 꾸린 할머니가 형의 수학여행 때 주려
고 참기름병 밑에 숨겨 놓은 거금 일만 원을 째벼 강경극장까지
달렸던 적도 있다

칭찬할 사람도 없는 우등상장을 소룡리 저수지에 꽃잎처럼

흩뿌리면 하나둘 모여든 사람의 얼굴을 한 참깨들이 뻐끔거리
곤 했다

　하나의 참깨에는 한 알의 시간들이 가득 차서 늙은 어머니의
검버섯도 저리 많은 설움들로 몽글몽글 피어나는가

　아직도 내 호주머니에는 참깨가 서 말이고 하루에 한 알씩 씹
을 때마다 보이지 않던 것들과 들리지 않던 것들이 비로소 맑고
밝게 들어차는 것이다

목불

무한한 슬픔 한 덩어리가 가부좌를 틀고 있다
연좌에 앉아 두 손을 오른발에 가지런히 모으고
눈을 뜬 건지 감은 건지 모를 실금처럼 가는 눈
시계추처럼 축 늘어진 귓불은 어깨까지 내려앉고
굴곡진 아미 사이로 이 세계의 파랑이 적요하다
바람인 듯 물결인 듯 흘러내린 가사 자락은
딱딱한 나무껍질 위에서 들풀처럼 바스락거리고
도통 모르지만 환히 아는 옅은 입꼬리가
나목 위의 여린 순을 바라보듯 공명하게 피어난다
굽은 듯 반듯하게 서 있는 등허리 위에서
이 세계의 인과 연이 환삼덩굴의 마른 힘줄처럼
수천의 발가락으로 배냇짓을 하고 있다

죽은 자식의 불알을 만지고 화들짝 놀라
아뿔싸, 두 손을 가지런히 모은 붓다를 생각한다
마른 탱자처럼 바짝 쪼그라든 나의 불알을
싹싹 핥아 주던 겨울바람이 섧게 울고 있다
모가지를 길게 빼고 무언가를 하염없이 기다리면

그 밑으로 밝은 그늘이 다보록하게 어룽진다
슬픔이 비로소 밝음이었음을 알았을 때
어딘가에 걸어 두었던 적념은 백옥무하하다
무릎을 구부리지 못해 기꺼이 멀리 떠난 애인이
가부좌를 틀고 슬픔으로 환해지는 저녁
미안한 마음보다 고마운 마음으로 목마를 태우고
버덩과 구릉을 빠져나온 슬픔의 냄새를 같이 맡으며
아무 말 없이 걷고 또 걸어 보는 것이다

세탁왕

원형의 타임머신 속에서 어제가 돌아간다

짝짝이 양말과 늘어난 팬티
해진 베갯잇과 바랜 침대커버
몇 개의 백동전과 담배꽁초
주머니 속 두루마리 휴지조각

그리고,

월미공원 국담원 연못가의 잿빛 물때
누군가 불렀지만 뒤돌아보지 않은 마음
걷고 또 걸으면 다가오는 고요한 밤냄새
목련 전등을 지날 때면 환해진 가난

오른쪽으로 돌고 왼쪽으로 돌고
위아래로 춤을 추면서 슬픔을 비튼다

구름 위에 걸쳐 둔 축축한 것들 사이로

드라이한 바람이 펄럭펄럭 내통을 한다

한번도 세제를 붓지 않았는데
구정물은 어디서 나와 지하로 스밀까

덕장에 매달린 잘 말린 황태처럼
애인들은 모든 시간을 벗고 돌아갔다

언제든 부르면 무릎 위에 앉는 빨래들
뻣뻣해진 마음을 차곡차곡 개킨다

INFP-A

가을과 겨울 사이 어디쯤을 헤맵니다
침대는 슈퍼싱글이 마침맞습니다
거북이보다 더 맛있는 잠을 먹습니다
약속을 깨는 사람은 미덥고 대견합니다
없지만 있으니까 문은 두드리지 마세요
자꾸만 네가 보여서 두 귀를 닫습니다
멀리서 손을 흔드는 건 빨리 가라는 말입니다
이 세계의 종교는 은유가 만든 허상입니다
벙어리만이 소리를 온전히 즐길 수 있습니다
수줍은 게 아니라 말문이 막혔을 뿐입니다
감나무에서 밤을 따면 참 좋겠습니다
멀리 돌아간 사람은 죄다 낭만적입니다
최대한 몸을 웅크리면 스프링이 됩니다
아빠와 엄마는 오랜 교육 끝의 결과입니다
표정과 몸짓을 읽는 게 제일 쉽습니다
모든 것이 사라지면 비로소 만져집니다
천천히 죽고 있습니까? 당신을 응원합니다
해체하지 마세요! 결국 가라앉을 겁니다

지금 여기서 착실히 늙는 것만이 권리입니다
오늘의 볼륨은 좋은 밤 좋은 꿈*

* '너드커넥션'의 노래 제목

입적

봄 갈 여름이 지나 어둑한 골목길에 해바라긴
아까부터 땅바닥에 엄마 얼굴 끄적거리고
집 나갔다 돌아온 열두 살배기 흰둥이는
허연 속눈썹에 슬픔 한 바가질 묻히고 와서
죽은 어미 머리맡에 앞발을 가지런히 모으고
개머루 같은 콧방울로 지난 시간들을 킁킁대네
뱃속에는 밥이 적고 입 안에는 말이 적고
맘속에는 일이 없어야 한다던 법정처럼
무진장한 슬픔의 연좌 위에 가부좌를 튼 견불犬佛이랴
이러거나 저러거나 세상에서 가장 그지없는 건
돌아오지 않고 차마 멀리 멀리 돌아가는 것
할아버지도 할머니도 한번도 본 적 없는 큰삼촌도
돌아서 돌아서 에움길로 적막강산을 펼쳐 놓고
천상천하 유아독존 이 세계의 하늘과 땅을 맞이은
바람과 하늘과 수많은 별들의 저녁 품으로 돌아갔네
제 몸을 가열하게 흔들어 기꺼이 씨방을 흔드는 꽃들
하루가 덜 여문 보름달처럼 부끄러워지는 오늘밤이네

해설 |

울음의 활력

유종인 (시인)

울음의 활력

　내게는 외자로 그 이름을 친히 부르는 시인이 얼추 두서넛
은 있는 거 같다. 외딴 그 외자의 그 이름을 부를 때면 금방 소
소한 돈 셈평을 하다가도 왠지 가슴이 짠해 오는 거 같다. 어
쩐 일인가 싶다. 내가 각별한 정리가 돈독해서이거나 살뜰한
정감의 소유자가 아닌데도 말이다. 아마도 그 외따로이 한 음
절로 발음되는 이름의 산울림 같은 적적함이 자아내는 모종
의 바이브레이션이 그 순간의 나를 지어냈기 때문인가. 모르
긴 몰라도 그런 경우라면 김산에게 울림통이 옹골차고 그 울
림통은 시(詩)라는 북을 여전히 매어 한번도 내려놓은 적 없
는 그 내력이고 또 여력이고 생생한 여진(餘震)이지 싶다. 시
란 어차피 동서고금을 둘러봐도 고급한 수다라기보다는 그윽
하고 웅숭깊은 단말마의 반열이 윗길이다. 굳이 시인이 아니
더라도 우리가 그 슬픔의 근처이자 외곽을 중심처럼 어른거
리는 이유는 무엇일까. 아마도 삶이며 일상이 그만한 서글플

수밖에 없는 처지며 번다한 숨탄것의 혼돈에서 그리 멀지 않은 실존의 관계망에 엮여 있기 때문이 아닐까.

그러함에 김산의 이번 시집엔 유독 슬픔이 많다. 그럼에도 (김)산이의 슬픔의 저간에는 삿됨보다는 애상의 굽어살핌과 맑음이 감도니 이는 흉사가 아니라 상서로움의 기미가 아닐까도 싶다. 왜냐면 슬픔이 기피하거나 불가피하게 저항해야 할 부정성의 요소로 치부할 터부가 없기 때문이다. 어느새 시인의 일상이며 어쩌면 숙명의 여줄가리이며 시의 본편을 이루는 소소하지만 소중한 밀생(密生)들이 아닐까 여기게 된다. 그러기에 시는 일종의 복기(復碁)의 기운이 완연하다. 방금의 실황도 어느새 기억의 옆구리살이 되었으니 어릴 적 할머니의 옛날얘기 같은 기억의 시편은 시인 (김)산이만이 쪘다 뺐다를 할 수 있는 감정의 육(肉)일지도 모른다. 그런데 그게 딱히 슬픔인 것만도 아니어서 이제는 감정과 생각의 기운처럼 번져 시의 정수박이와 내통하는지도 모른다.

그 즐비함 앞에 왠지 내가 놓치고 회피해 버린 참다운 연민은 없었나 자꾸 두리번거리게도 한다. 그리고 이건 모종의 둘레를 가지며 좋은 반향(反響)을 연다. 그걸 아무려나 이끌어 냈으니 시는 시인 본인의 것으로서 남의 것이다. 시정 말로 좋은 것은 나눠 먹는 것이지, 라고 했을 때 시인의 시만치 본인의 것으로서 남의 것이 더 어디 있겠는가. 그럴 만한 기억의 살[肉]이고 속종[靈]인가 하고 되묻고 또 그윽이 캐묻고 재우쳐 언어의 포(脯)로 다시 떠 적바림하듯 진설하기에 이르렀으니, 그 서늘한 칼질 같고 따스한 견인 같은 시인의 문장은 슬픔을 그 존재의 구미(口味)로 할 때가 여실하고 자자하다.

슬픔의 어휘들은 사방 도처에서 출몰한다. 그 어휘들이 거느리는 마음의 걸음걸이와 눈길의 전후좌우, 감각의 높낮이와 질감 모두가 슬픔을 건너뛰고 생각할 수 없다.

그렇다면 '울음'과 '울림'은 어떤 관계인가. 범박하게 울음이 일인칭의 실존적 차원의 토로일 수 있다면 울림은 그런 일차적인 전자의 울음의 내용과 형식이 자아내는 관계적인 확산의 징후로 받아들일 수 있을까. 울음이 본향(本鄕)이라면 울림은 타관으로 가져간 본향의 연대 같은 것일까.

　　짝짝이 양말과 늘어난 팬티
　　해진 베갯잇과 바랜 침대커버
　　몇 개의 백동전과 담배꽁초
　　주머니 속 두루마리 휴지조각

　　그리고,

　　월미공원 국담원 연못가의 잿빛 물때
　　누군가 불렀지만 뒤돌아보지 않은 마음
　　걷고 또 걸으면 다가오는 고요한 밤냄새

목련 전등을 지날 때면 환해진 가난

오른쪽으로 돌고 왼쪽으로 돌고
위아래로 춤을 추면서 슬픔을 비튼다

─ 「세탁왕」 일부

시인에게 세탁은, 아니 빨래의 과정은 갱신이 아니라 복기로 더 우울 찬란하다. 그런데 이런 복기의 여념은 슬픔의 오지랖 아니면 거느릴 수 없는 소슬한 속종이자 선처이니 어쩌랴. 시인에겐 제법 단단하고 여문 돌주먹의 강골이 있으나 이것은 완력의 연장이 아니라 본원적인 슬픔의 배경 같은 인상일 때가 있다. (김)산이 가만히 주먹을 쥐어 그 단단한 정권(正拳)을 쥐어 보였을 때 나는 뒤미처 그 주먹을 내 축축한 손바닥의 손으로 포개듯이 쓰다듬고 싶었을지도 모른다. 젊고 단단한 주먹인데 나도 적이 슬프고 아련하다.

그러니 (김)산이 바라보고 붙안고 소중히 섬섬한 눈길로 여투는 대상들은 그지없이 여리고 절절하며 소박한 아름다움의 남루의 소경(小景)일 때가 적지 않다. "해진 베갯잇과 바랜 침대커버"는 유독 생활의 소소한 살림이 지니는 소멸의 인상들로 구성된다. 소소하고 일상적인 사물이지만 시인의 눈길은 그런 곳으로 줄곧 애정 어리게 가 닿는다. 이 "가

닿음의 눈길"을 나는 서정시의 저 은근하고 알싸한 서정의 품성 중 하나라고 불러 본다. "몇 개의 백동전과 담배꽁초"는 시인의 일상에 모였다 흩어지는 끈이 없는 조촐한 훈장 같은 것이고 "주머니 속 두루마리 휴지조각"은 적바림이 필요없는 만년 떠도는 행려의 시집 여백을 세간으로 흘려 낸 듯한 소품 같다. 물론 이것들은 세탁을 전후해 조리차해야 할 품목의 일단일지도 모른다. 이런 소소한 것들은 그런데도 뭔가 아련한 뉘앙스가 없지 않다. 때로 확연한 슬픔도 아니고 번다한 고민의 대상물만도 아니다. 그래서 어쩌면 시인의 사생활과 밀착하고 또 소원해지기도 한다. '세탁'은 그런 면에서 확실히 기억과 망각을 갈마드는 화자인 산의 일상적 갱신의 마음을 생활사적 층위로 들여다보는 마음 살림의 소정(小庭)을 보는 듯하다.

다시 조금 전으로 돌아가 보자. 울음과 울림은 개별적이며 또 관련된 양상을 (김)산의 「세탁왕」에서 보게 된다. 표면상으로 떨쳐 내고 훑어 내고 표백하는 것이 세탁의 본래 개념이지만 실상은 앞서 말한 세탁의 전제가 된 '세상으로부터의 때를 탐 혹은 때와 얼룩을 부지불식간에 (인상적으로) 얻음'을 복기함으로써 그의 시는 오히려 낙락한 서정의 활기를 도모하기도 한다. 그것은 바로 우리의 존재가 완성이나 어떤 이룩함이라는 도그마에 종속된 게 아니라 이 세상에 닳리고 들린 존재의 여러 층위를 헤아리고 똥기듯 발견하는 데 있다. 즉

"월미공원 국담원 연못가의 잿빛 물때"는 시인 자신의 직접적인 "물때"가 아님에도 그 자신의 심부에 이미 반영된 미추(美醜)를 넘어선 아름다움이다. 그것은 "누군가 불렀지만 뒤돌아보지 않은 마음"이나 "걷고 또 걸으면 다가오는 고요한 밤냄새"의 으늑함이나 "목련 전등을 지날 때면 환해진 가난"처럼 우리를 에두르고 있는 가만한 풍경의 여운이나 심정적 인상(印象)으로 그윽하고 돌올해진 것들이다. 이는 세탁이라는 과정을 통해 환기된 것들이지만 일반적으로는 불필요한 잉여일 수도 있다. 그런데 (김)산이 시인은 이런 것들은 묘하게도 오염을 통한 정화라는 시적 너름새로 품는다. 이런 아우라는 아름다움과 추함을 하나로 결속하는 심리적 겨를로 오롯하기 그지없다.

시인은 마음의 손발이 부르트도록 물 마를 날이 없어야 반짝 햇빛에 넌 속되고 정든 빨래의 환해진 진솔을 여념처럼 보게 된다. 때 타고 얼룩진 제 영육의 입성을 받자하니 붙안고 "오른쪽으로 돌고 왼쪽으로 돌고" 하는 것, 이것이 바로 시인의 심정적 어울림이자 시적 활력의 근간이지 싶다.

할아버지가 속주머니에서 꺼내 주던 말라비틀어진 참깨강정 하나를 오래오래 씹으면 단물로 환해져서 슬픔도 잠깐은 물러서 곤 했다

족발 털을 밀어 가계를 꾸린 할머니가 형의 수학여행 때 주려고 참기름병 밑에 숨겨 놓은 거금 일만 원을 쌔벼 강경극장까지 달렸던 적도 있다

칭찬할 사람도 없는 우등상장을 소룡리 저수지에 꽃잎처럼 흩뿌리면 하나둘 모여든 사람의 얼굴을 한 참깨들이 뻐끔거리곤 했다

하나의 참깨에는 한 알의 시간들이 가득 차서 늙은 어머니의 검버섯도 저리 많은 설움들로 몽글몽글 피어나는가

— 「참깨」 일부

슬픔의 연원이랄까, 기억의 북새통 속에서 끄집어낸 화자의 슬픔은 그 원천이 가만히 보면 "저리 많은 설움들"로 그 본향처럼 느껴지기도 한다. 슬픔은 교양이 서린 듯 좀 나중에 건너다볼 때 아련하고 그리운 여음일 때도 있으리라. 저 '많은 설움'은 시간의 격절이 있을지언정 그냥 그때 그 임시에 받들어 스스로 뚱기고 나중에도 그 감정의 음식으로도 썩지 않는 본음 같은 것이려니 한다.

언젠가 (김)산이 "이번은 (어깨의) 힘을 빼고 썼어요."라고 겸손되이 말할 때 나는 감정의 풀림이라는 오래된 서정의 물꼬가 제대로 트였구나 싶은 예감에 들렸다. 단순한 겸사를 넘

어서는 지점인데 힘을 뺀다는 그 포인트야말로 더 본원적인 것에 대한 서정의 지향 같은 게 얼핏 더 강고하면서도 부드러운 정서의 몸매를 보인 듯했다. 나는 얼른 대답하지 못했지만, '그래야지, 암, 그렇지.' 되뇌었던 듯도 하다. 힘을 뺀다는 말의 함의는 어쩌면 그간에 돌보지 못한 대상들에 더 많은 (슬픔의) 힘을 실어 주는 깊고 너른 냅뜰성이지 싶다.

그리고 일기에 다시 쓴다. 이제 나는 멋진 시를 쓰지 않을 것이다. 출혈과 괴사로 내 오른팔이 잘려 나가지 않은 것은 행도 불행도 아니다. 왼손으로만 세수를 하면 얼굴이 좀처럼 개운하지가 않다. 오래 걸리고 더 꼼꼼히 씻어야 한다. 그럼에도 귓바퀴에 묻어 천천히 만지작거려야 할 비누거품은 오로지 내 몫이다.

— 「깻잎도 뱀도 그리고 나도」 일부

앞서 이번 시집에 풍부한 슬픔의 전언들이 가능했던 것을 단적으로 톺아보자면 그것은 바로 "멋진 시를 쓰지 않을 것" 이라는 결기와 깊은 관련이 있다. 흔히 미사여구의 수사학에서 벗어나 진정에 마음의 눈길을 주겠다는 의지로 받아들인다면 "오른팔이 잘려 나가지 않은 것은 행도 불행도 아니"라는 인식처럼 만유(萬有)에 늡늡한 눈길을 던져 보는 일과 일맥이가 닿는 듯하다. 그럴 때 슬픔은 관대하고 낙락하다. 그 슬픔은 일상의 자잘한 불편과 고통을 "귓바퀴에 묻어 천천히 만지 작거려야 할 비누거품은 오로지 내 몫"으로 받자하는 자의 품성이 되곤 한다. 이러하니 (김)산이는 "깻잎도 뱀도 그리고 나도" 되는 심정적 겨를이 완연해질 수 있는 시인일 수밖에 없다.

어제의 물과 오늘의 물 사이에는 보이지 않는 띠가 있다
이미 지나간 감정에게 용서와 화해를 강요하지만
당신의 물은 기억한다, 몸이 사라진 후에도 기억한다
층층이 쌓아 올려진 감정들이 폭탄주처럼 흔들거리면
그때의 기억을 애써 지우며 반쯤 마시고 반쯤 흘린다
이내, 뒤섞일 수 없다는 것을 알아 버린 후에야
버무려지지 않는 그 분비물을 기어이 보고 난 후에야
다시 물을 마신다, 그 물은 지금의 감정을 기억하겠지만
망각이라는 편리 앞에서 물의 성질을 오해한다
해바라기 꽃병 속에 천천히 물을 따르면
화들짝 놀란 노란 잎들이 지금의 감정을 이해하지 못해
각각의 검은 씨앗 속에 기억을 저장한다

— 「당신의 물」 일부

그럼에도 존재는 때로 어렵고 어웅하다. 앞서 말하자면 수월한 것이 없으니 슬픔이 지극해지기 마련이다. 물과 불, 그

리고 술이 어쩌면 버성김과 겉돎 끝의 융화를 보여 주는 질료적 형태이지만 이것은 이미 사람의 감정과 기억을 거친 매개들이다. 그래서 (김)산은 그런다. "당신의 물은 기억한다, 몸이 사라진 후에도 기억한다"라고 말이다. 이 메시지는 사뭇 광범위하기도 하고 자의적이기도 하지만 옳고 그름을 떠나 "당신의 물"에 대한 시인의 응시는 무언가를 "알아 버린 후에야" 가지게 된 모종의 서늘한 진실이 어른거린다. 그 전제가 된 것이 "어제의 물과 오늘의 물 사이"란 점에서 의미심장하다. 여기엔 다양한 대상이나 주체들의 시간 속에서의 변화나 흐름이 그 주된 관찰과 응시의 대상이 될 수밖에 없으리라.

여러 사람과 사물들 간의 관계를 놓고 보자면 화자는 매순간 다르게 보고 매순간 동일하게 연결하려는 모순적인 "버무려지지 않는 그 분비물을" 통해 존재의 격차와 존재의 확산을 실감하며 넘나든다. 망각과 생각에 따른 감정의 이합집산은 "검은 씨앗" 같은 영원의 장치랄까 어떤 궁극을 바라본다. 물로 대변되는 혹은 상징되고 실감되는 바의 여러 층위를 하나로 보자면 모든 것은 흐름의 실상과 가상을 겸비한다. 이 둘은 서로 엇박자 같지만 분리할 수 없는 하나인 둘의 짝패일 수도 있다. 화자가 "물을 마신다"라고 했을 때 우리는 모종의 깨달음을 담지하는 순간의 존재가 된다. 노담(老聃)이 설파한 상선약수(上善若水)는 늘 멀지 않은 곳에서 있는 듯 없는 듯 어른거린다.

여섯의 남이 여섯의 나로 보였다

그동안 살아 줘서 고마워, 있어 줘서 그걸로 됐어
하마터면 일어나서 한 명 한 명 뽀뽀를 할 뻔했다

가슴이 벅차올라 울컥하는데 그들의 배경 뒤로
흰빛들이 물안개처럼 피어올라 눈물이 맺혔다

동인천역 광장, 화단 옆에 앉아 지나치는 수많은 나를 봤다
한 줄 한 줄, 차마 읽기도 전에 스치는 너라는 내가

바람으로 흩어지고 또다시 불어오고 있었다

—「바람과 나」 일부

소통매체가 급속도로 발전하는 요즘의 상황에서도 우리는
기계적인 소통만 하는 것은 아닌가, 라는 회의에 빠지곤 한다.
진정한 소통보다는 오히려 매체를 통한 소외가 한쪽으로 쌓
이는 것은 아닌가, 하는 의구심 말이다. 이런 회의적인 상황에
일침을 가하는 (김)산의 시구가 낮 벼락처럼 돋아났다. 낯모
르는 사람인데도 "그동안 살아 줘서 고마워, 있어 줘서 그걸

로 됐어"라며 사해동포주의의 너름새를 보는 듯한 시인의 어느 하루 한순간은 급기야 "하마터면 일어나서 한 명 한 명 뽀뽀를 할 뻔했다"는 지점에서 조금은 눈시울이 습습해지곤 한다. 그럴 때 "가슴이 벅차올라 울컥하는" 일이야말로 지금의 강퍅한 세태에 얼마나 종요로운 지점인가를 새삼 환기하게 된다. 이것이 설령 감상이라고 하더라도 이런 감상성은 지극한 사람으로서 귀하고 미쁘고 늠늠한 속종일 테니 말이다. 그러니 더 이해타산에 물든 이들은 이런 시편에 골똘하니 돈독하게 물들어 봤으면 한다.

시인의 이런 무명의 대중과 마주하는 순간의 갑작스러운 그러나 순연한 포용의 심정적 기저를 인타라망(因陀羅網, indra's net)이라면 어떨까. 우리는 서로를 비추고 반영하고 더불어 교감과 배척을 거쳐 상생하는 바를 열어 놓은 실존의 복합체인 셈이다. (김)산이가 "동인천역 광장, 화단 옆에 앉아 지나치는 수많은 나를 봤다"라고 했을 때 이 제석천(帝釋天)의 보배 구슬 망이 흔들리듯 유난히 반짝였던 것이나 아닌가.

일견 여러 의미에서 독생(獨生)을 얘기하는 사회이자 시대이지만 그것은 지극히 단편적인 현대적 삶의 양상의 몬존하고 편벽한 세태의 여줄가리이자 안타까움일 따름이다. 흔히 천상천하유아독존이라고 했을 때의 그 독존(獨存)조차도 삼라만상의 깊이와 존재의 연결을 깨닫기 위한 실존적 자세를 단적으로 천명한 것일 수 있다. 단적으로 존재의 내밀한 울음은 슬픔을 통해 혹은 서정적 깊이와 헤아림을 통해 추동된다. 비록 "한 줄 한 줄, 차마 읽기도 전에 스치는 너라는 내가" 홀로 남을지라도 우리의 연결은 그만큼 단적인 것이 아닌 중중무진(重重無盡)의 우주적 실타래 속에 들었으니 말이다.

그것은 단숨에 이룩되는 것만이 아니라 끝없이 그리고 번다하게 겪어 내는 시인의 일상에 드리우는 그 무엇일 터이다. 그 무엇이란 무엇일까 싶을 때마다 "바람으로 흩어지고 또다시 불어오"는 '참나' 즉 진아(眞我)의 눈빛을 마주하는 일로 소슬해질 때가 있다. 시인의 시는 그럴 때 '울컥' 불어오는 허무한 방편이며 끌밋한 한소식의 쪽매가 아닐까.

어릴 적 툇마루에 누워서 봤던 북극성 옆의 작은 별들과
큰 비가 오면 고랑 사이로 흘러넘쳤던 피어나지 못한 얼굴들
멀어져서 돌이킬 수 없는 시간들이 다시금 길 위에 펼쳐지면
땅바닥에 무릎을 꿇고 엉엉 소리 내어 울고 싶었지만
그는 이내 마음을 추스르고 어떤 바람의 냄새 속으로 걸었네
끊임없이 무언가가 옥죄었지만 당최 내 것은 없었으므로,
입술을 꾹 다물고 사막의 눈보라 속으로 들어가는 검은 발자국

— 「걷는 사람」 일부

나는 이 시편에 이르러 (김)산의 행려와 그 앞으로의 붕정(鵬程)이 시로 가늠된다고 할까. 무엇보다 "큰 비가 오면 고랑 사이로 흘러넘쳤던 피어나지 못한 얼굴들"로 짐작되는 경험의 내밀한 관계들을 그윽한 슬픔이자 "바람의 냄새" 속으로 몰아가는 일이야말로 본래적인 시인의 카르마였는지도 모른다. 애초에 누구도 그걸 제대로 정색하며 가르쳐 준 적이 없지만 "입술을 꾹 다물고 사막의 눈보라 속으로 들어가는" 걸음걸이는 그대로 시인의 맥락이 된다.

　강물에 손을 담그고 있으면 가만히 손등을 매만지던 사람이
　있었다

　발자국 소리를 내지 않고도 천리 적막을 따라오던 사람이
　있었다

　버린 것이 아니라 아주 잠깐 두고 왔다고 울음 울던 사람이
　있었다

—「저녁의 비취」 일부

이 가상한 시경(詩境)에 이르면 (김)산의 내남없이 그윽한 슬픔이 물그림자를 반사시켜 이마에 비쳐 오는 듯하다. "발

자국 소리"도 없이 "천리 적막을 따라오던 사람"은 어떤 사람인가. 모를 것도 같고 알 것도 같다. 그러나 조금 분명해진 건 "울음 울던 사람"을 그치지 않는 속종에 있지 않을까. 울음은 비탄만이 아니라 갱신의 여력이다. 그것이 존재의 "저녁의 비취(翡翠)"가 내는 영롱함이 아닐까.

> 무한한 슬픔 한 덩어리가 가부좌를 틀고 있다
> 연좌에 앉아 두 손을 오른발에 가지런히 모으고
>
> (중략)
>
> 슬픔이 비로소 밝음이었음을 알았을 때
> 어딘가에 걸어 두었던 적념은 백옥무하하다
>
> ― 「목불」 일부

산이 시인의 슬픔은 울음을 추동하기도 하고 울음을 담담히 품고 있기도 하며 세상을 향해 자비심으로 펼쳐 두려고도 한다. 그런데 무엇보다도 중요하고 종요로운 점은 시인의 울음은 결코 비탄이나 감상이 아니라 존재의 활력을 도모하는 기운생동의 기미가 완연하다는 점이다. 나는 그 점이 미쁘고 고맙고 그야말로 시인으로서 '백옥무하(白玉無瑕)'하다.

언젠가 강릉 바닷가 어름에서 산이 시인과 조우했다. 그 저녁 무렵 경포대 파도 소리가 간간히 귓등을 스치는 주점에서 여러 사람과 술을 오간 듯하다. 그리고 숙소에서 그와 나는 다시 마주했다. 그가 덥석 내게 절을 해 오는 게 아닌가. 큰절이다. 나도 얼떨결에 맞절을 하였다. 두 머리가 숙소 바닥에서 서로 조아렸다. 나와는 달리 산이의 절은 백팔배나 천팔십배나 만팔백배 중의 하나를 내게 기꺼이 나눠 준 것만 같다. 우리는 모두 생각하기에 따라 모두 생불이고 하느님 근처이고 성현의 아류일 수 있다. 그러기까지 지난한 존재들이지만 그러함에 (김)산이 시인의 시편에 두루 편재한 슬픔은 승속을 갈마들며 세속을 열어 가는 시적 자비의 마중물이지 싶다. 그런 서슬에 일어나는 시인의 환한 울음은 실존의 활력으로 도저하고 충만하다.

그러면서 나는 왠지 산이 시인의 슬픔과 울음의 환하고 맑은 내력이 어느 날에 "나도 모르는 사이에 손을 이마에 얹고, '아, 참으로 좋은 울음터로다. 가히 한번 울 만하구나!'(不覺擧手加額 曰 好哭場 可以哭矣)"라는 연암(燕巖) 선생의 수승(殊勝)한 심정처럼 더욱 도탑고 헌걸차지기를 바라 마지않는다. 많이 황량해지고 몬존해진 속내를 털고 시야말로 '좋은 울음터'라는 말이 여전히 우리의 가슴에 도래샘을 대고 있지 않은가.